「(……舐めろ
足元に寝そべるマゾ犬へ目を向ける。
……滅茶苦茶嬉しそうな顔しやがって。
私はもうお腹が
痛くなり始めてるんだぞ。

「クライヒハルトの、変態……♥」
リラトゥの脚は温かく、そして程よく柔らかく、
力一杯踏まれても
痛みより気持ちよさが先に来る。
リラトゥの無表情な顔に見下されながら、
無様に這いつくばって踏みつけられる。
そして、その様子をご主人様であるマリー殿下に
リラトゥ
Liratu
クライヒハルト
Kreichhard

クスクスと嗤いながら見られてしまっている。
生きててよかったと
確信する至福。
この世の天国が、そこにはあった。
イザベラ
Isabella
マリー
Marie

「……だけど。
ねえ、クライヒハルト？
誰にでも尻尾を振る駄犬は、
一度躾が必要よね？」
「――！
は、はい！」

異世界転生したので
マゾ奴隷になる

I've been reborn in another world
and I'm going to be
the Masochistic Slave!

成間饅頭
画 水龍敬

I've been reborn in another world and I'm going to be

the Masochistic Slave!

CONTENTS

第一話　マゾ奴隷の凱旋

どうも、マゾ奴隷です。

ＳＭという概念は近代ヨーロッパで誕生した。偉大なるマゾッホ御大の作品、『毛皮を着たヴィーナス』は発表と共に社会へ凄《すさ》まじい衝撃を与え、その狂気に満ちた作風はマゾヒズムという概念を一撃で世間に浸透させた。

では、マゾッホ御大以外にそのような人物は存在しなかったのか？　それは違う。世界最高峰の権力者かつ変態だったローマのヘリオガバルス帝、自分の膣《ちつ》にバナナを入れ、夫にそれを食べさせていたという与謝野晶子《よさのあきこ》、サドと言いつつ、実は妻から肛門《こうもん》開発を受けていたマルキ・ド・サドなど、過去の偉人が実はド変態だったという事例は枚挙にいとまがない。人類の歴史を読み解けば、被虐性癖というのは実にありふれた物だとわかる。

ということで、異世界転生した俺も趣味に生きることにした。

「何か分からんが俺って理不尽に強いし、趣味全振りでも何とかなるだろ」

チートのおかげで俺は異様に強かったし、転生した異世界は強ければすべてが何とかなる剣と魔法のファンタジー世界だった。俺が趣味に没頭する下地は整っていたのだ。

……というか、それ以外にやることが無かった。

娯楽は前世と比べて未発達すぎて見るに堪えないし、料理は美味《おい》しくないし、もう人生の楽しみが性欲方面にしか見いだせなかったとも言う。24fpsのアニメーションに慣れきった現代人にとって、シェイクスピアも生まれていない時代の歌劇は退屈に過ぎたのだ。

どうせだったら理想の女王様と最高のSMプレイがしたいンゴねぇ……。ということで、今の俺は第一王国騎士団を率いる騎士団長である。どんな相手でも無茶を通せるよう頑張っていたら、いつの間にかこんなことになってしまった。

「王国騎士団の凱旋《がいせん》だ!! クライヒハルト様が来たぞ!」

「どけどけ、クライヒハルト様を一目見させろ!」

「【救国の英雄】! 【魔人殺し】のクライヒハルト! 人類最新の英雄だ!」

という訳で、現在は王都で凱旋パレード真っただ中である。

何か南の方でワイバーンが異常発生したらしいので、それをパッパと殺してきたのだ。チート戦闘力のお陰で特に苦戦することも無かったが、英雄の仕事の一つは見栄《みえ》を張ることなので、こうして王都でパレードをしているのである。

「見ろ、後ろに並んでいるのは竜の首じゃないか!? あんなに大量に……！　まだ後ろが見えないぞ！」

「すげえ、すげえよクライヒハルト卿《きょう》!!　王国最強、いや、人類最強の英雄だ！」

「いえーい。英雄だよー。交易路を封鎖していたカス竜どもをブチ殺して帰って来たクライヒハルトさんだよー」

民衆に適当に手を振り返しながら、やけにデカくて白い馬に乗って王都を闊歩《かっぽ》する。どうせこの歓声の中で俺の声が聞こえているはずもないので、言っている内容は適当だ。

「いいぞ……もっと俺を讃《たた》えろ……！　俺の社会的地位が高まれば高まるほど、堕《お》ちた時に気持ちいいからな……！」

周囲の歓声が高まるたび、こんなに強く清廉な騎士団長が実はド変態なのだというギャップを感じて気持ちよくなってしまう。

マゾと一口にいっても多種多様で、その趣味嗜好《しこう》は多岐にわたる。その中でも俺は、「くっ……誇り高き騎士である私が、こんな屈辱を！」って感じのやつで興奮するタイプだ。国に認められ、民衆に慕われる英雄である俺。そんな俺が惨めに這《は》いつくばり、ご主人様の靴を舐《な》めて媚《こ》びへつらう。そういうのが大好きなのだ。

極限まで高めたヒエラルキーを一気に転げ落ちるときこそ、えも言われぬ快感が俺を襲うのである。

「あああ……興奮してきた……」

なんだかんだ二週間くらい王国を留守にしていたから、性欲が限界に達しようとしている。

道中でそこそこ発散してはいたものの、やはり本命の女王様からのご褒美には代えがたい。

「早くマリー王女に調教していただきたいンゴねぇ……（ニチャア）」

ご褒美を待ちわびた犬のように、口内が唾液で溢《あふ》れる。限界までお預けを喰《く》らった俺の口から、よだれと性欲がまろびでているのだ。

俺の理想の女王様。

この国の第二王女であるマリー殿下に、早くお目にかかりたいものだ。

「……団長。顔が崩れてきています。早くいつもの英雄ヅラに戻してください」

「あ、マジ？　ごめんごめん」

キリッ！　と、白い歯が輝く英雄スマイルを披露する。危ない危ない、外面はちゃんと整えておかないとな。

俺の隣を馬に乗って歩む紫髪の凜々《りり》しい女性（従士長のイザベラさんだ）は、ため息をついて俺を睨《にら》みつけた。

「はぁ……そんなに姫様のご褒美が待ちきれませんか？　この遠征中も私が相手してやったというのに、信じられない底なしの性欲ですね」

「いやー、申し訳ないけど全然違いますね。だって正直、俺のこと怖がっているじゃないですか？　そういうのが伝わるとちょっとなあ……」

ところで。この世界で俺が趣味を追求するにあたって、一つ問題になったことがある。

俺が強すぎて、虐《いじ》めてくれる女性に中々巡り合えないのだ。

とにかくこの身体《からだ》、威圧感が凄《すご》いのだ。俺だけではない、この世界である程度の強さを持つ者は、大小あれど多少の覇気を持つようになる。高レベル冒険者、あるいは選任騎士の肉体は一般人を遥《はる》かに超越しており、元の世界で言う「力が強い」「足が速い」とかそういったレベルではない。生物としての格が異なるのだ。ドラゴンや巨人が人間の形を取っているようなものである。一般人が王国騎士の前に立てば、訳の分からない根源的な恐怖で失神するだろう。

この世界に来た時からそうだったのだ。股間と胸を膨らませて娼館《しょうかん》へ行き、嬢に泣かれて出禁を喰らった時のやりきれない思いは今でも思い出せる。

常識を踏み越えた、英雄という名の怪物。それを形の上だけでも責め立てられる分、この女性の精神力も大したものである。

「……気付いていましたか」

「うん。頑張って隠してくれていたとは思うから、そこは本当に申し訳ないんだけども……。やっぱこう、『あ、今おれ怖がらせちゃっているな』って気付くとどうにも性欲100％になれないというか……」

「申し訳ありません、私は〝あなたの慰安用〟に姫様から遣わされたというのに……」

「いやいやいや！　大丈夫大丈夫、十分気持ちよかったから！　ちゃんと女王様でしたよ！　靴舐めましょうか？」

「やめてください、パレード中です」

小国を素手で解体できる膂力《りょりょく》。実力と比例してイカれていく価値観。英雄とは、もはや人間の形をしているだけのバケモノなのだ。

俺は比較的マトモな方で、他の国には人肉しか食わない食人鬼や、国がスッカラカンになるまで資産を吸い尽くした全身武器商人などのヤバイ奴《やつ》ばかりが住んでいる。存在自体が英雄へのネガティブキャンペーンのような奴らだ。

正直言って、俺だって相手の立場だったらこんな仕事イヤである。吐息一つで自分を殺せる相手を、散々に罵倒して虐めなければならないのだ。その心労も窺《うかが》い知れるというものだろう。いつもありがとうございます。特別手当が出ているって聞くからそれで許してね。

「あー、早く会いたいなあ〜〜〜」

そして。

そういうの全部ぶっちぎって俺を躾《しつ》けてくれるから、マリー様は素晴らしいのだ。

虐め方も俺のツボを押さえているし、あと俺のことを本気で見下してくれるのがイイ。王女の権限もフルに使って野外プレイとかもしてくれるし。

「ニチャア……」

「団長。顔、顔」

「あっ、ごめんごめん」

国民の歓声に笑顔で応えながら、俺はご主人様との逢瀬《おうせ》を妄想するのだった。


クライヒハルトが帰って来た。

どう見積もっても三か月はかかるだろうと思って任せたワイバーン討伐の任務を、わずか半月で終わらせて帰って来た。

「クソが！！！！！！！！！！！！」

南の平野に竜被害の報告が出たのは、数か月前のことである。ワイバーンを見たという報告がギルドに届けられたのだ。それも一匹ではなく、〝群れ〟を見たと。これを担当した受付嬢が有能だったことが、今回の被害を大きく抑えた一因だろう。結成されたギルドの調査隊が、渓谷に数十匹と飛び回るワイバーンの群れを発見したのだ。

彼らは完全に人間をエサとして学習しており、南の交易路は彼らにとって食事がよく通る格好の狩り場だった。一匹ですら村を滅ぼせる竜の群れを前にして、物流は完全に凍結された。ここを通りたがる商人が著しく減少したのだ。南の平野から王都へ小麦を届ける主経路が使用不能になったのだ、その影響は計り知れない。直ちに、王国最高の英雄であるクライヒハルトの出陣が決定された。

けたたましく鳴るファンファーレ、豪華に彩られた出陣のパレード……。既に影響が出始めた食糧難に喘《あえ》ぐ王都の民は、祈るような気持ちで英雄を見つめていた。

そして英雄はたった一人で渓谷に突撃し、群れ全てを一人でブチ殺して一瞬で帰って来た。『最初は包囲網を敷いてゆっくりやる予定だったけど、こっちの方が早かったから』とは本人の弁である。ほとんど移動時間しかかかっていない、瞬速の勝利であった。

彼が率いて行った王国軍は治安維持という重要な役目があり、それがこんなにも早く戻って来たことは王都の治安にとって非常にありがたい。またクライヒハルトが単身で攻略したため、犠牲が最小限で済んだのも素晴らしいことである。

「クソ！！！！！！！！！！！！」

だがここに一人、その知らせを聞いて荒れる人物がいた。

表向きは完璧英雄であるクライヒハルトが忠誠を誓う、シグルド王国第二王女マリー・アストリア……つまり、この私である。

「あのクソマゾ、どう考えてもご褒美欲しさに暴走しやがったわね！　どんだけマゾなのよ、極まり過ぎでしょ！」

王国最高の英雄、クライヒハルト。

一目惚《ひとめぼ》れしたこの国の王女（私）に虐められたいがためだけに王国騎士となった男、クライヒハルト。

「志望理由が気色悪すぎるわ！　ふつう給料条件とか待遇とか、もっと気にする所色々あるでしょ！　頭に性欲しか詰まって無いの!?」

『騎士団長』クライヒハルト。性格は清廉潔白にして騎士道に忠実、お伽噺《とぎばなし》から飛び出てきた勇者のように、非の打ち所がない完璧な男。

しかし、私は奴の本当の姿を知っている。神がうっかり脳と下半身を入れ違えた男。『被虐趣味』という言葉に手と脚が生えて生まれた男。血液の代わりに精子が流れ、息の代わりに淫語を吐く全身性欲人間。

クライヒハルトとは、世界最強のマゾ野郎なのだ。

「うう……せめて恩賞を受け取って……『マリー様に仕えるだけで幸せなのです』って言ってぜんぶ王家に捧《ささ》げないでよ……」

胃が痛い。

どうしてこんなことになってしまったのだろうか。幼い頃に描いていた未来予想図は、決してこんな気色悪いショッキングピンク色では無かったというのに。

私だって小さい頃は、『私のことが大好きで、言うことを全部聞いてくれる理想の王子様』を妄想したりした。女の子らしい、可愛《かわい》い願いではないか。

それが今やこのザマである。私の調教が大好きで、(性欲を満たしているかぎり)言うことを聞いてくれるマゾ奴隷が手に入った。願いは最低の形で叶《かな》ったのだ。どういうことなんだよ。

私がいつも胃を痛めていることを、周りの貴族共は誰も知らない。『民が王家に仕えるのは当然だろう』と思考停止して、この歪《いびつ》さに気付けていない。

「だれか気付けよ……！　御恩と奉公の関係が成り立っていないんだぞ。アイツは私にしか執着していないんだぞ。クライヒハルトは土地も従う民も持っていない。明日にだってこの国を出奔できるんだぞ……！」

あのマゾはいわば、趣味でこの国に仕えているのだ。理想の女王様である私に従う『プレイ』の、ほんの一環として王国騎士を務めているのだ。

ヤバすぎる。

現在彼がこの国に仕えている理由は、ひとえに私のマゾ奴隷として虐められたいから。王国の権威も名声も関係ない、たったそれだけ。

これが一体どれだけ危機的なことなのか、想像できるだろうか。

「ああ……クソ、もう必死になって調教のレパートリーを絞り出す生活は嫌だ……！　せめて一か月くらい休めるかと期待してたのに……！」

もし、私の調教に奴が少しでも不満を抱いたら。または、私以上のご主人様を奴が見つけたら。

『女王様サイコー!!　ってことで、明日からぼくこの国の人の犬になります！　ワンワン！あ、もちろん今後は王国と敵同士になるからよろしくね！』

この程度のことは平気で起きる。そういう奴なのだ。性欲最優先のクソマゾ男なのだ、クライヒハルトは。

「私、別にそういう趣味全く無いのに……！　ちょっと人より冷たい顔つきしてるだけの、ただの一般王女なのに……!!」

吐きそう。

大袈裟《おおげさ》でもなんでもなく、私のマゾ調教の腕前にこの国の未来がかかっている。

私、SMどころかそう言った経験も全くないのに。ただちょっと顔立ちが冷たくて、女王様っぽい顔をしてるってだけなのに。世界が私を虐めている。虐める側のはずなのにおかしいわねオホホ。ふざけんな殺すぞ。

「伝令！　クライヒハルトの〝御付《おつ》き〟を呼んで！　どういうプレイを望んでいたか把握するわよ！」

遠征に行くクライヒハルトには、いつも私の従者を一人選んでつけてある。今回は「冷酷な女軍人系のクールな金髪美女」を望んでいそうだったので、その条件にあう従者を選んでムリヤリ従軍させせた。彼女から遠征中どういう会話をしたか聞き出し、どういうご褒美にするかを決めなくてはならない。

「クソ……なんでアイツはあんなクソマゾなんだ……。いや、他の国よりはまだマシなんだろうけど……！」

人格と実力のあまりの乖離《かいり》に神を呪う。だが、彼がどうしようもないマゾだったからこそ今の王国の発展があるとも言える。その全てのしわ寄せが私に来ていることを除けば、確かに世界最高峰の英雄なのだ、クライヒハルトは。

「マリー様！　御付きの従者と、〝劇団長〟イザベラ様が到着いたしました！」

「すぐ通して！」

やって来た私の従者を対面に座らせ、ヒアリングを開始する。

クライヒハルトの調教は毎日苦労するが、特に大変なのが彼が大仕事を成し遂げた後の調教だ。奴の功績に少しでも見合う特別なご褒美をやらなくては、奴のモチベーション管理が難しくなる。

「はい、はい……なるほど。出発前は学生モノの春本を読んで……ああ、最近出てきた〝ギャル〟物ね……。道中のレポートは？　……やや不満アリといった所ね、気分と違ったのかしら？」

この世界には、【異能】と呼ばれる力が存在する。魔術で再現不可能な、個々人に依存した異形の力。我が王国は異能者を積極的に血筋に取り込んでおり、私にもほんの僅かな異能の残《のこ》り滓《かす》のような物が遺伝していた。

『長く話した相手が何を欲しがっているか、なんとなく分かる』。感情の機微に聡《さと》い者なら別に異能が無くとも出来そうなレベルの、異能とも呼べない異能。だが、これがクライヒハルトの調教で非常に役立っているのも確かだった。

彼が遠征に行く前は、確かに『クールな女軍人部下との上下関係逆転プレイ～ハードな調教に屈服させられて快楽拷問～』系を望んでいたと思ったのだが、その後で気分が変わったのだろうか。道中の様子と併せ、今回のご褒美への期待は奴の中で相当に高まっていると考えられる。クソが。

「たぶん、出発前に読んでいたその本が原因ね。詳しい内容を聞かせて頂戴……なるほど、性的強者であるギャルに弄ばれる系の物ね……」

王国が運営する学院の生徒の中に、制服を着崩して遊ぶ女学生たちがいることは把握している。確か彼がそれを見て「ギャルだ！　異世界にもギャルがいたんだ!!」と喜んでいたため、意味が分からないままその呼び名が定着していた。

となると、女軍人の苛烈な責めは彼の気分から少し外れていただろう。ＪＫ(これも彼が言っていた)ギャルに遊び半分で弄ばれたり、クスクス笑われながら責められたりしたい気分になっていると推測できる。

だとすれば、今回の調教は学生役を呼んで……クライヒハルトにも学生服を着せるか？　いや、過度なイメージプレイはかえって没入感を損なう……。

「……我ながら、真剣な顔で何を考えているんだ」

歴史と権威あるシグルド王国、その第二王女の姿か？　これが……。生き恥すぎるだろ。だが、私以外に適任がいないので仕方がない。やるしか無いのだ。

「……『劇団』を呼んで。服装も指定する。王立学院の制服を着崩して、スカートを短くしてくるように。団員の中でも金髪、もしくは胸の大きい子を寄越《よこ》すようにして」

まずはこれでギャル要素を確保。だがこれだけではダメだ、あくまで王女である私からのご褒美でなくてはならない。

「……設定も、今考えたわ。劇団員に伝えて。……『現在王宮に、王立学院の女生徒たちが職場見学として訪れている。学生の中でも軽薄な一部の女子が、教師の引率を離れて私たちの調教を目撃してしまう。英雄の情けない一面を見た彼女たちは、ニヤニヤ笑いながら英雄のマゾ調教に参加する』……。こういう筋書きよ。注意事項として、彼を罵倒するような言動は禁止、からかいの範囲に留《とど》めなさい。必要な時は私が別途その場で指示するわ。基本は『面白半分で男を弄ぶビッチギャル』として私をサポートして」

よし。

いやよしじゃないが。何で栄えある王国の第二王女である私が、木っ端の女衒《ぜげん》のような真似《まね》をせねばならんのだ。これに国の未来がかかっていると考えると本当に泣きたくなってくる。

とにかくこれで、私からのご褒美＋ギャルたちによる集団責めというプランは最低限整った。あとはここから、さらに詰めていく必要があるが……。

「よし、ヒアリングを続けるわよ。羞恥系の責めに対して反応はどうだった？　露出は？　今回貴女《あなた》には商国から取り寄せたバラ鞭《むち》を持たせせたけど、彼は興味を示した？　……」

泣きそう。

王家の娘として、どんな苦労でも背負ってみせると思っていた。歴史ある王国の未来のため、民の幸福のためになら何でもできると思っていた。

でも、流石《さすが》にこんな方向性の苦労は想定していなかった。想像できたヤツがいたら連れてこいよ。『あなたは将来世界最強のマゾに一目惚れされて、血反吐《ちへど》はきながら理想の女王様の演技することになりますよ』って言ってみろ。即座に不敬罪で断頭台に送ってやるからよ。

「クライヒハルトはまだパレードの最中ね？　よし、全員持ち場についいて。『劇団員』以外……特に、他貴族の手の者は絶対に通さないように。あのマゾ犬の本性がバレたら王国は終わりよ」

人類最強の英雄、クライヒハルトを召し抱えようとする勢力は多岐にわたる。王国貴族から周辺国家、果ては聖教の大司祭など、奴を狙う勢力は数え切れない。

もしクライヒハルトがとんでもないマゾだと言うことがバレて。

更に、私を上回るご主人様がいた場合。

『あああ〜〜〜〜〜、長年仕えてた王国裏切るの気持ち良すぎる〜〜〜〜〜〜♥　裏切り者の汚名を着せられてみんなから罵倒されるのサイコ〜〜〜〜〜〜〜ッ♥』

……こうなる。

奴のマゾ犬っぷりは常にこちらの想像を上回ってくる。この程度の事態は想定しておかなくてはならない。

つまり私は奴をビシバシ調教して王国の犬として躾けつつ、奴を狙う種々な魔の手から奴を守らなければならないのだ。ついでに王国が笑われないよう、できる限りクライヒハルトの名声を保たなくてはならない。

しんどすぎる。誰か代わってくれ。

王国に忠実で、私より調教がうまくて、生物的に格が違うクライヒハルトの前でもビビらない奴〜〜〜〜。求人出すから応募してきてくれ〜〜〜〜。

我が王国は超ホワイト♥　いつでも君の応募待ってるゾ♥

空咳《からせき》をして冷たい声色の調整をしつつ、私は私の上位互換の登場を待ち望むのだった。

これは、勇者の物語ではない。

これは、英雄の物語ではない。

これは、最高の実力と捻《ね》じ曲がった性癖を持つ怪物と、それをどうにか御さんとする、彼に振り回される周囲の人々の物語である。

第二話　マゾ奴隷の休日

どうもこんにちは。

王国最高の英雄、クライヒハルト君である。


いやー、昨日の調教は最高だった。あまりにも興奮しすぎて、つい周囲の窓ガラスを何枚か割ってしまった。暴れた訳じゃない、思わず漏れてしまった俺の喜びのオーラで割れたのだ。

マゾあるあるだな、是非みんなも宴会芸に使ってくれ。

それにしても、昨日は本当にすごかった。マリー殿下は本当に天才、天性のサディストだ。

まさか予想外の乱入者である王立学院の生徒を、あそこまでプレイ道具として使いこなすとは。

『え～、何してるんですか～？』

『あれぇー、第一騎士団団長のクライヒハルト卿《きょう》じゃないですかー？　今ぁー、マリー第二王女の足を舐《な》めてるように見えたんですけどーｗ』

『丁度良いわ。ほら、貴女《あなた》たちも来なさい？　これが第一王国騎士団長、英雄のクライヒハルト様の恥ずかし〜い正体♥　女の足元に跪《ひざまず》いて、アンアン喘《あえ》ぐのが大好きなド変態よ♥』

『どうしたの、マゾ犬？　ご主人様以外に貴方《あなた》の痴態を観《み》られて恥ずかしい？　そう、でも……貴方のココはそう思っていないみたいね。ほら、ご主人様の命令よ？　「僕は女の子に虐《いじ》められて喜ぶゴミマゾです」「どうか僕のことを笑って、沢山馬鹿にしてください」って言いなさい♥　王国の大事な生徒に、よ〜く社会見学させてあげないと♥』

『うわーｗ、気持ちわる〜いｗ』

『女子学生の足美味《おい》しいですかー、マゾ騎士さーんｗ』

クウ〜〜〜〜〜〜〜〜ッ！！！！！　最高！！！！！！！！！！！！！！！！

本当に本当に、殿下は素晴らしい才能の持ち主だ。あの方に巡り合えたのは人生最高の幸運だった。常に想像を超える調教を施してくれる。

今回だって、俺はマリー様と一対一の調教だと思っていたのだ。そうしたら金髪&黒髪ギャル二人が乱入してきて、俺は内心「それだよ!!」と膝を打ったものだった。

前世で、やり手の営業職が言っていた。「客は私が商品を見せるまで、自分が何を欲しているかを知らないのです」と。まさにその通りだ。自動車が発明されるまで、顧客は「もっと早い馬車」を欲していたように……本当に欲している物は、常に俺たちの思考の外にあるのだ。

俺が欲しかったのはギャルだったのだ。黒白ギャルに、「えー、やばーｗ」「おじさんチョー

キモイんだけどーｗ」と笑われながら弄ばれたい気分だったのだ。

なんちゅう……なんちゅうもん《調教》を食べさせてくれたんやマリーはん……。

これに比べると山岡《やまおか》はんの鮎《あゆ》はカスや。

いや～～～、最高。マリー殿下こそ人の上に立つに相応《ふさわ》しい王女。永遠の忠誠を誓いますぞ。

前世で生まれていたらやり手の営業職として名を馳《は》せていたであろう。

「ふう……さて、今日はどうするかね」

ここで、俺が所属する王国騎士団について詳しく説明しておこう。

俺の率いる騎士団は、正式名称を【シグルド王国直属第一王国騎士団】という。仕事は主に王城の警備と、他の騎士団が対処できない脅威の処理。王国の心臓である王都を守る誇らしき盾であり、有事には敵を切り裂く輝かしき矛である。

まあつまり、王国最強の軍隊が俺たちというわけだ。最後の切り札的な存在だな。俺たちが前線に出て戦う時点でかなり追い詰められているし、万が一負ければ王国はワンチャン滅亡するくらいの立ち位置だ。と言っても、今は以前の戦争でかなり弱っているが。

所属する騎士団は全員が貴族……というか、王国騎士団に入団した時点でそいつは『最初から貴族だった』ことになる。平民の実力者に対しては、どこそこの伯爵の血筋を引いていたとか、実はあそこの侯爵の妾《めかけ》の子だったとか、そういう血筋ロンダリングが行われる。

王国は強力な騎士を抱えられるし、平民は成り上がれる。ＷＩＮ－ＷＩＮってやつだな。血統主義の王国にしては、かなり例外的なレベルで実力至上主義だと思う。

そして王国最強であるわたくしクライヒハルトは、この輝かしき第一騎士団の団長である。騎士団長ともなれば、それはもう大量の仕事があるはずだろう。書類仕事、雑務、綱紀粛正に戦闘訓練……。パッと思いつくだけでもこんなにあるのだ。実際に組織を運営するとなればひとかたならぬ雑務があるだろう。

だが、無い！

無いのだ。王国最強の騎士、クライヒハルト君には普段の仕事が一切無いのだ。

これも全て、マリー殿下の計らいである。補佐官とか文官を大量に付けることで、俺は緊急時以外何も仕事しなくて良いようにしてくれたのだ。当然あちこちから文句が出たが「もともとクライヒハルトは私の騎士よ？　騎士団に貸し出してあげているだけなのに、勘違いされては困るわ」と一蹴してくれた。カッコイイです殿下。

つまり、俺は平時だとめっちゃ暇なのだ。仕事はしたくないのだが、娯楽の乏しいこの異世界だと非常に時間を持てあます。

「うーん……『ドキドキ！　騎士団長殺し～レイドイベント編～』はこの前やったし……」

お飾り騎士団長としては、一応部下とかにも稽古を付けてあげたいのだが……。如何《いかん》せん、俺の強さは全部チート由来の物である。伝授できることなんて何もない。むしろ俺が剣術とか教えて欲しいくらいである。団長としての立場があるため言い出せないが。
なので定期的に「騎士全員ＶＳ俺」の組み手みたいなことを行っている。騎士団全員で俺のことをブッ倒そうとする豪華イベントだ。騎士団全部合わせたのより俺が強いので、まあお互い良い訓練になってるんじゃないかと思う。なってるかな。なってるといいな。でも俺のアホな頭だとこれ以上の良いアイディアって思いつかないしな……。

「暇だな〜〜〜〜〜〜〜〜〜〜〜〜〜〜〜」

マリー殿下は公務で忙しいし、俺を要する緊急事態も今日はなさそうだし。やることが何にも無いぞ。ご主人様に放置されたクライヒハルト犬は暇を持て余している。ウサギみたく退屈で死んじゃうぞ。ぴょんぴょん♥（精一杯の可愛《かわい》いアピール）
うーむ、どうしよう。
こういった時、他の騎士ならば家族に会いに行ったり、娼館《しょうかん》に行ったりするのだが。
王国内では名が売れすぎていて娼館にも行きづらいし、そもそも俺の相手が出来る女性が居るとは思えない。王国に来る前は適当に冒険者をやっていたのだが、１５０％の確率で出禁を喰《く》らっていた。諦めきれない俺が再来店してもう一度出禁を喰らうので１００％を超えている。

中には違法な商売に手を染めていて、俺が来るなり号泣しながら土下座してくる者もいた。

『流石《さすが》はクライヒハルト卿です、調査なさっていたのですね！』と感動する兵士を前に、俺は性欲を持て余しながら虚《うつ》ろな笑みを浮かべることしか出来なかった。

それに正直、マリー殿下に出会って俺の舌も肥えてしまったというか。

マリー殿下が強すぎるんだよな。一般ＳＭ倶楽部《くらぶ》では、もうこの飢えは満たされないかもしれない。このＳＭは偽物だよ、食べられないね……。

しかし、ならば一体何をすればいいのか。

「マリー殿下の犬としては、ご褒美の為《ため》になんか功績を立てたいところだが……」

あんまり殿下の命令以外では動きたくないんだよな。俺、ふつうに一人で国家転覆出来るくらいの怪物だし。王国の人々は異様に俺を信頼してくれているが、だからこそ勝手な行動でそれを揺るがしたくない。あと俺はけっこうアホなので、余計なことをしたくないというのがある。こっちの方が理由としてはデカい。

難しいことを全部頭の良い人に丸投げできるっていうのは気楽でいいね。マゾの本懐だわ。

宮中のドロドロした陰謀劇とか、一生かかっても理解できる気がしないもん。マリー殿下がやれって言った敵をブン殴るだけでいい今の生活は天国みたいなもんだ。

「うーむ、考えれば考えるほどやることが無いな」

勝手に動きたくは無いし、かといって今はやることが無いし……マゾのパラドックスである。今作った造語だから意味は知らん。

畜生、何で王国最高の英雄であるクライヒハルトくんがこんな窓際社員みたいなことで悩まなきゃならんのだ。マリー殿下の護衛がしたいですぞ。ネットリとした熱視線を殿下のお御足《みあし》に注ぎたいですぞ。

「しょうがない、マリー殿下になんかすることないか聞きに行くか」

アホの考え休むに似たりと言うではないか。俺がウンウン唸《うな》っているよりも、マリー殿下にサパッと捌《さば》いてもらったほうが良い。なんかの仕事か、または適当な趣味でも勧めてくれるだろう。

さっさと身支度して、俺はマリー殿下の執務室へ足を運ぶのだった。

どうも。

絶賛公務中の王国第二王女、マリーである。

私の机の上には大量の書類が積み重なっている。中庭の使用申請の捏造《ねつぞう》、王立学院への礼状、今回の任務で疲労困憊《ひろうこんぱい》した諜報員《ちょうほういん》二人への休暇措置……。

これら殆《ほとん》どが、あのマゾの調教の後始末だと思うとやる気がみるみる消えていくのを感じる。大変だったのだ。茶会に使われる中庭を急遽《きゅうきょ》確保し、王立学院から制服を取り寄せ、絶対に誰も中庭に立ち入らないよう警備を敷いて、お抱えの諜報員二名を潰してなんとか奴《やつ》の調教をやり遂げた。英雄というのは、とにかく御しがたいものである。

「『劇団員』二人の調子はどう、イザベラ」

「二人とも、ずっとベッドで横になってますよ。しばらくは使い物にならないでしょうね」

「でしょうね……前のように辞めると言い出さないだけありがたいわ」

『劇団』およびそこに所属する『劇団員』は、私が抱える私設の諜報員たちだ。

大した権力も支持基盤も持たない私が、必死になって揃《そろ》えた諜報部隊。王国に長年仕えていた陰の一族の一人であるイザベラを何とか引き抜き、彼女に演劇畑から引っ張ってきた人間を教育させた私設部隊だ。

行商人、軍人、農家、旅人……。ありとあらゆる役をこなし、情報を抜き取る諜報のプロ。それが『劇団』だ。『劇団長』であるイザベラのお陰で、かなりの仕上がりであると自負している。

……だが、クライヒハルトが現れてから『劇団』の役割は変わった。

「あのクソマゾも、一応は英雄だからな……あの二人も、さぞかし肝が冷えただろう。休暇は十分に取らせてやってくれ」

確かに、以前の劇団の仕事は諜報活動だった。しかし史上最強のマゾであるクライヒハルトが現れてからは、奴の調教をサポートすることが劇団の主な仕事になってしまっている。

野外プレイの時は人払いをして、ギャルが必要になったらギャルになって、シスターが必要になったら教会から服をパチってきて、遠征に行くときは軍人に扮《ふん》して同行し、プレイの痕跡を隠ぺいして……。彼らの優れた密偵としての腕前を、全部あのマゾとのSMプレイの為に使ってもらっているのだ。

も、申し訳ねえ～～～～～。人材の無駄遣い過ぎるって。

私が長年資金と労力をかけた『劇団』は、他の貴族のお抱えにも負けない超エリートたちだ。そんな一流の密偵である彼らを、ただのSMプレイのサポート役にさせてしまっている。もう本当に、申し訳なさ過ぎて吐き気がしてくる。鍛え抜かれた演技力をどんな所で使ってるんだよ。

「ええ。もしよろしければ、後で姫様からも労《ねぎら》いの言葉をかけてあげてください。あの二人も本当に、生きた心地がしなかったそうですから」

「地面に頭こすり付けてでも労わせてもらうわよ……」

【英雄】というのは、一般人の我々とはもう存在の格からして異なる怪物だ。生物として別種であると言っても良い。一呼吸で天や地を割り、巨人や邪竜の頭を捻《ね》じ切る。凡人が何万人寄り集まろうが、たった一人の英雄を超えることは無い。国が抱える英雄の格が、その国の国力を決定する。

そんな相手と相対すると、我々常人はどうなるか。答えは簡単、震えが止まらなくなるのだ。根源的な恐怖。『目の前の相手は、ほんの気まぐれで自分を粉々のミンチに出来る』。そんな相手と向かい合って、普通の人間が正気でいられるはずも無い。獅子《しし》の前で震える兎《うさぎ》のように、生物的な恐怖で本能が屈服してしまう。

そんな怪物が『自分めっちゃマゾっす！　めっちゃ虐めてください、罵倒してください！』と要求してくるのだ。率直に言ってヤバ過ぎる。どう考えたって、そんな奴のことを見下せるわけも無い。生物的に格下である自分が圧倒的格上を虐げるという矛盾した状況に、心を病まないだけまだマシというものだろう。本当にごめんなさい。特別手当と休暇はたっぷり出すから……。

「……姫様、疲れていらっしゃいますね」

「そりゃあ、疲れるに決まってるでしょ……。私だってね、あのクソマゾを相手するのは本当にしんどいのよ」

無表情でこちらを心配してくれるイザベラへ、ソファへもたれ掛かりながらそう返す。

あのマゾを扱う上で、一番大切なことがある。クライヒハルトに、怯《おび》えてはならないのだ。

彼にとってご主人様とは王であり、自身はそれに仕える奴隷である。奴隷に怯える王など、王ではない。そんな相手に虐められても、ただただ無理をさせている申し訳なさが勝って萎えてしまうらしい。意味の分からん理屈だが、奴の中ではそうなっているのだから受け入れることしか出来ない。

「あのマゾを相手にする時はね、怯えちゃダメなのよ。絶対に、ほんの僅かでもビビったら駄目。あのマゾ犬、普段はアホのくせにそういうのだけは鋭く見抜くから。だからまあ、割とマジで疲れたわ……。こういう時ばかりは、鉄仮面に産んでくれた母親に感謝ね。顔も知らないけど」

ご主人様（違うけどな）である私は、奴隷であるクライヒハルトに対して圧倒的優位に立っていなければならない。彼は筋金入りのマゾなのでどんなプレイにもNGを出さないが、この一点だけはやけに鋭く見抜く。ダルすぎる。圧倒的格上はお前だよと一蹴出来ればどれほど良かっただろうか。

あのマゾもなー、今度は何の仕事させるかなーと考えていると、イザベラがまた口を開く。

「……姫様がそこまでする価値が、彼にあるのでしょうか」

おっ、暗殺の示唆か？

なーんてな。イザベラは私が王宮内で飼い殺しにされていた頃からの配下である。クライヒハルトを扱いかねて疲弊している私を、彼女なりに気遣ってくれているのだろう。

「うーむ……価値、価値ね……」

妾の娘であるとはいえ、私は腐っても王国の第二王女である。その私（とその配下）が、ほぼつきっきりでクライヒハルトの相手に拘束されている。さあ、そこまでする価値が彼にあるかどうか。

「これがな～～～～～、あるから問題なんだよな～～～～～～」

例えば、クライヒハルトが瞬殺してきたワイバーン。あれは本来、一匹相手に騎士の中でもかなりの上澄みが十人組んでようやく相打ちってレベルの化け物である。それが数十匹と群れてるんだぞ？　曲がりなりにも竜であるワイバーンは魔術も使う。群れを形成するほどの智慧《ちえ》がある竜の群れ相手では、一師団を丸々使いつぶす程度の犠牲は覚悟しなくてはならなかっただろう。

それが、クライヒハルト一人で全部片付いた。しかも一瞬でだ。あそこは南一帯の物流を支える交易路でもあったのだ、失わずに済んだ人的資源や時間的余裕の価値は計り知れない。ただでさえ、今の王国は戦争で疲弊しているのだ。

「というか、正直言ってこっちに価値が足りてないくらいよ。他国の英雄を見れば分かるでしょう？　帝国は英雄に乗っ取られ、法国の奴はとうとう自分を神と認めるよう聖典まで改訂させた。商国のは浪費癖が酷《ひど》く、彼女のせいで永遠に国庫が豊かにならない。正直言って、王女一人とその配下で済むなんて破格なぐらいよ」

クライヒハルトを金銭で雇用しようとすれば、それこそ天文学的な額になるだろう。まず間違いなく国庫は干からびる。そして民は重税で苦しみ、軍は英雄頼りのショボい軍備になるだろう。それだけの価値が彼にはある。

「……何か理不尽な気がして腹が立つけど、私に一番価値を見いだしているのはクライヒハルトよ。他のどんな男だって、たかが女一人の為に竜殺しの地獄へ身を投げてはくれないわ」

姫一人で満足するそのコストパフォーマンスもさることながら、他国の英雄と比べても、クライヒハルトの実力はやはり頭一つ抜けている。その軍事的アドバンテージがどれほどの国益に繋《つな》がっているか、もはや試算することすら馬鹿らしい。

「最悪、クライヒハルトに丸投げすれば何とかなる。他国がどれだけ策をめぐらせようが、あのマゾ犬が出てきただけで全部ブチ壊せる。……私の心理的負担を度外視すれば、彼はやっぱり最高の英雄なのよ」

本当に、私の負担を度外視すればだけどな……!!　毎回毎回、竜の顎に手を突っ込むような気持ちで彼に接しているんだぞ。

「イザベラ、貴女もそんなこと分かりきっているでしょう？　そんなことをわざわざ言うってことは……クライヒハルトが、そんなに怖かったのね」

イザベラは今回の遠征の従士長として、常にあのマゾの傍《そば》についてもらっていた。常に表情を崩さない冷徹な彼女ですら、思わず弱音を漏らしてしまうほどに疲弊したのだろう。

「……さすが姫様、お見通しでしたか」

「そりゃあねえ。たった一時間か二時間の相手で『劇団員』の二人はぶっ倒れたのよ。貴女も後で休暇を取りなさい。王女命令よ」

「ありがとうございます。……正直、想像以上でした。想像以上の、怪物です。クライヒハルト卿は……もはや、ヒトではありません。彼が腕を一振りするだけで、束になったワイバーンどもが血煙になるのです。英雄の、英雄たる理由。それを身をもって知ることになりました。……帰路、私が嘔吐《おうと》しなかったのは奇跡と言っていいでしょう。そのクライヒハルト卿を、あろうことか汚れたブーツで踏みつけなくてはいけないのですから」

「はは、ウケる～」

いや、ウケちゃ駄目なんだけどね。ほんとに申し訳ないです、イザベラ様。あんまり誰もやりたがらない御付《おつ》きの任務、いつもありがとうございます。

「……姫様。私にとっては、姫様が一番大切です。英雄を喪《うしな》おうが王国が衰退しようが、貴女には代えられません」

「ん……。ありがとね、イザベラ」

イザベラの『だから、いつでも諦めて良いんですよ』という慰めを、軽く頭を引いて受け取る。いつもクールなイザベラが動揺するほど、今回のクライヒハルトの暴れっぷりは凄《すご》かったんだろう。

そして彼がそこまでハッスルした理由は「一刻も早く私からのご褒美が欲しかったから」なので、やはり彼がマゾなのが悪いという結論になる。

「失礼します。クライヒハルト様が、王女殿下にお目通り願いたいと……」

うわ。噂《うわさ》をすれば影というか、そんなことを話していたら彼が来てしまった。

何の用だろう。おおかた、暇を持て余したからご主人様に構ってほしくなったんだろうけど。

「そう。通しなさい？」

女王ロールプレイに頭を切り替えながら、〝女王様〟らしく冷たく返す。

どうするかなー……。何か仕事を振るか？　それともヤツの望み通り『相手』してやるか？　それぞれにメリットデメリットがあって決め辛《づら》いな……。

まあ、そこら辺は奴の顔を見ながら決めるか。
そう考えながら、私は今日も王国最強の変態を制御するべく頭を悩ませるのだった。

第三話　マゾ奴隷の謁見

どうも。

〝人類最強〟の飼い主、マリー第二王女である。


「……おい、あれは……」

「マリー王女……血を濁らせる、妾《めかけ》の娘……」

「おい、クライヒハルト卿《きょう》に聞かれるぞ……！」

……現在、私は王宮へ登城している。周囲の法衣貴族共がピーチクパーチクとうるさいので嫌なのだが、父上……つまりシグルド王国国王、グラナト・アストリア陛下に呼び出されたので仕方が無かったのだ。

「構わぬ、あの誇り高き英雄を粗末に扱う女など……！」

「全く、なぜクライヒハルト卿もあのような穢《けが》れた庶子を……」

寒々しい廊下を歩きながら、周囲からの陰口を無視してすまし顔を作る。

王宮内の私の評判は、ほぼ最低に近い。私の母が平民だったからだ。稀代《きたい》の女優だった母は父に見初められて強引に王宮へ連れられ、私を産んだ際に産後の肥立ちが悪く死んだ。

庶子というものはこの世界で大変に罪深く、それ以来私はずっとこんな、塵《ゴミ》のような扱いを受けている。これでも、クライヒハルトが来てマシになった方だ。

キッと顔を上げ、こちらを見つめる彼らへ向かっていく。負けるものかよ。

「あら、ごきげんよう皆さま？　随分と楽しそうにお喋《しゃべ》りされていたようですが……」

「……おお、マリー殿下におかれましても、ご機嫌麗しく。今日も一段とお美しゅうございますな」

チッ、カスが。もっと目の前で暴言吐くくらいの気概見せんかい。

「聞きましたぞ、クライヒハルト卿の活躍……群れのワイバーンを単騎で討滅したとか……いやいや、流石《さすが》ですなぁ」

「全くですな。やはり、良い主君には良い臣下が付くということでしょうか？」

「ハハハハハ、流石マリー殿下。人徳が優れていらっしゃいますな」

……このカス共の言葉を翻訳すると、『お前の部下のクライヒハルトくん、滅茶苦茶《めちゃくちゃ》活躍してるよね。凄《すご》いなぁ……アレッ、じゃあその主君のお飾り王女様って何やってるの！？！？！？！？』ということだ。

そんなもん、ある訳がない。私には直属の騎士団も領地も無いんだ。ただ王都で飼い殺されているだけの私に、出来ることなんか何もある訳ないだろ。

「ふふ、まったく。私には勿体《もったい》ないほどの騎士ですわ」

「またまた、ご謙遜を。マリー殿下の器量でございます。やはり、血筋が良かったのでしょうなぁ」

「――――ええ。そのようなことも、あるかもしれませんわね」

『調子に乗るな、国王を誑《たぶら》かした娼婦《しょうふ》の娘。早くクライヒハルト卿を王国へ渡せ』

今の言葉を翻訳すると、だいたい今のような意味になる。ここの貴族は、こうやって婉曲《えんきょく》かつ迂遠《うえん》な言い回しで人を不快にさせるのが物凄く上手《うま》い。クライヒハルトが現れるまで、帝国に押され続けていた経験が口先を磨いたのだろう。

「おや、いけない。殿下と直接お話しできる名誉に、つい時を忘れてしまいました。お忙しい殿下のお時間を頂戴してしまい、誠に申し訳ありません」

言いたいことだけペラペラとまくし立てた後、法衣貴族たちは張り付けた笑顔で去っていった。お忙しいだの何だの、最後まで嫌みたらしい奴《やっ》らだ。

「………………」

悔しい気持ちを押し隠し、いつもの冷たい顔を形作る。

国王である父がその美貌に惚《ほ》れ、横車を押して後宮へ押し込み……慣れない貴族生活に疲弊したのか、母は早くに亡くなった。身体《からだ》の弱い母だった。私は、母の顔も肖像画でしか知らない。その肖像画も、横車を押していた父が気力を失うと、早々に破棄された。

王族と平民の恋愛という、美談にすらなれなかった出来損ないの何かが終わり。後にはただ、濁った血と蔑まれる娘だけが残った。父上は、私に見向きもしなかった。

私は、何も期待されていない。

王族に与えられるはずの近衛兵《このえへい》も騎士団も、私には与えられなかった。平民の娘が武力を持つことも国政に関わることも、この国は望まなかったのだ。私は一人で四方八方を駆けずり回って『劇団』を揃《そろ》えたが、それすら有用と見るや義兄の所へ召し抱えられそうになった。

私を最も高く評価しているのはクライヒハルトだけだと、以前イザベラに漏らしたことを思い出す。あれは誇張でも何でもない。救いようのないマゾ野郎ということを抜きにすれば、彼は本当に素晴らしい騎士なのだ。

「……ふう」

疲れる。王宮は本当に、いつも来るたびに寒々しい気分になる。

こちらをチラチラと覗《のぞ》いてくる野次馬共を冷たく一瞥《いちべつ》し、歩を進める。カツカツと鳴る靴の音が、余計に私が一人きりであることを実感させた。

「……こちらでお待ちください」

「ええ、ご苦労さま」

使用人に案内されるまま、豪奢《ごうしゃ》に飾られた一室へと案内される。海千山千の貴族たちを取りまとめる父上はとてもお忙しい。謁見するまでには、今しばらくの時間が必要になるだろう。ポツンと一人でソファへと腰かける。庶子である私には、メイドさえも関わろうとはしない。本当に一人きりだ。

「イザベラでも連れてこられればなぁ……」

ポツリと呟《つぶや》く。

無理とは分かっていたが、そう言わずにはいられなかった。やはりこの王宮で一人きりというのは中々にこたえる。

「呼びました？」

「ぅわ」

心臓が止まるかと思った。

ビッ……クリしたぁ。喉の奥から絞められた鳥のような声が出た。本当に怖い時って叫び声も出ないんだな。

足元から声。テーブルの下からニュッと、クライヒハルト変態が生えてきて満面の笑みを見せてくる。何だこれ。王都に伝わる怪談の一種？　何でいるんだよお前。帰れよ。

「……あら、誰かと思えば。クライヒハルトじゃない」

跳ねる心を必死になだめ、落ち着いた声でそう話しかける。長年の付き合いだ、もう何が起こったのか聞かなくても分かる。

クライヒハルトが、虐《いじ》めて欲しがっているのだ。本当、誰かコイツに天罰を下してくれ。

「駄目よ？　王国の英雄サマが、こんな所で寝そべってちゃ。うっかり、誰かに顔を踏まれてしまうかも……♥」

だが、クライヒハルトの願いを叶《かな》えるのが私の仕事だ。

ヒールを脱ぎ、クライヒハルトの頭の上で足をフリフリと振って見せる。

おおかた、コイツも父上に呼び出されていたのだろう。そして、後から私も来ることを知ったのだ。ご褒美に飢え切ったマゾ犬であるクライヒハルトのことだ。この部屋に、僕の大好きなご主人様が来てくれるワン。そういう頭が煮え切った思考と共に、あわよくば踏んでもらえないかとテーブルの下で待機していたのだろう。

……いや、怖すぎるだろ。足元からコイツの顔が生えてきた時、もうそういうモンスターだと思ったもん。シームレスに女王ロールプレイに移行できたのが奇跡に近い。

「あ、マリー様……！」

「あら、どうしたの？　そんなに目を血走らせて……まるで踏んでほしくて仕方ないみたいじゃない。違うわよね？　誇り高い英雄様ですもの。こんな小娘に顔を踏まれたら屈辱よね？」

クライヒハルトは犬のように腹を見せて、ハッハッと期待に満ちた眼《め》で私の足裏を見ている。

奴の胸は期待で高鳴っているのだろうが、私の胸も緊張で高鳴っている。

こんな場所でプレイをさせるな！！　王宮の控室だぞ!?　次の瞬間に召使が『陛下がお待ちです』とか言ってきてもおかしくないんだぞ!?

頭がおかしい。性欲しか頭に詰まっていないのか？　巨大な男性器が服を着て歩いているのか？

「ほら、よく見なさい？　ご主人様の脚を。貴方《あなた》のようなマゾ犬の大好物よね、これ？　ふふっ……もっと頭を下げれば、下着が見えちゃいそう……♥　ほら、ほら……♥」

言葉で時間を稼ぎながら、高速で頭を回転させる。なんて悲しい頭の使い方だと思うが、それを嘆く時間も無い。ど……どうすればいい？　謁見前だぞ!?　いつ人が来てもおかしくない。

私は、ここからどうすれば……!?

……いや、見えた!!　ここから逆転する方法！

「あ、そうだ♥」

一瞬の閃《ひらめ》き。

発想を逆転させろ。タイミングが分からないから問題なんだ。むしろ、こちらから呼んでしまえば良いのだ……!!

私はテーブルに布を掛けて覆い隠すと共に、置かれていたベルを鳴らす。

「……はい。何か御用でしょうか」

「――――――ッ♥♥♥」

足元で、マゾ犬が歓喜する気配。よし、来たのが女なのもちょうど良かった。この男は人に見られるか見られないかのギリギリを攻めると喜ぶからな。世が世なら稀代の露出狂として名を馳《は》せたであろう変態だ。法の裁きが待たれる。

「別に？　ああ、喉が渇いたからお茶でも淹《い》れて頂戴。竜骨葉が良いわ」

「……かしこまりました」

嫌々そうにカチャカチャと器具を用意するメイドを横目に、足元に寝そべるマゾ犬へ目を向ける。……滅茶苦茶嬉《うれ》しそうな顔しやがって。私はもうお腹《なか》が痛くなり始めてるんだぞ。

涎《よだれ》を垂らさんばかりの犬に、眼を細めた笑みでこう囁《ささや》く。

「(……舐《な》めろ♥)」

「~~~~~~~~~~~ッ♥♥♥♥」

もし尻尾があれば全力で振っていそうな満面の笑みと共に、クライヒハルトが私の足へ唇を落とす。よし、決まった。テーブルクロスで覆われた疑似的な密室という状況に、いつバレるか分からない緊張感。我ながら調教の腕前がどんどん上がっていて、本当に悲しくなってくる。

「……姫様、何かおっしゃいましたか？」

「いいえ、何も？」

よし。我ながら今回はかなり良くやったんじゃないか？　クライヒハルトはこれ以上なく幸せそうだし、このままメイドをココに居させて適当に揺さぶってやれば謁見まで持つだろう。

「……こちらに。では、私はこれにて失礼いたします……」

「あら、折角だからお喋りでもしましょう？　私、暇で仕方ないの」

「……かしこまりました」

下でマゾ犬が「!?」と言うような表情をしているのが見える。この状況で第三者のメイドを留《とど》まらせる私に驚いているのだろう。アホめ。コントロールしやすい駒をわざわざ手放してやるものか。コイツが眼に入らないような位置に立たせた。ここから適当な雑談でダラダラ時間つぶししてやる。

「ねぇ、貴女《あなた》はクライヒハルト卿のことをどう思う？」

「どうと言われても……やはり、素晴らしい英雄だと思いますが」

「ふぅん……そうねぇ。本当、自慢の英雄さまよね？」

「――――――♥♥」

その後。私が意味深なことを言ったり、メイドをギリギリまで近寄らせたりするたびに、クライヒハルトは目をハートにさせて喜び。私は何とか、謁見までの時間をやり過ごすことが出来た。

やっぱり一人の方が精神的に楽だなあと思いました。独り身ってサイコー。

どうもこんにちは。

１０１匹マゾワンちゃん、クライヒハルトである。

突然だが、皆幼少期の冬を思い浮かべて欲しい。そろそろクリスマスだ。サンタクロースを信じているにしろいないにしろ、クリスマスプレゼントが貰《もら》えるという事実は変わりない。

いったい、プレゼントは何が貰えるんだろう。夜中に布団へ潜り込むとき、たまらないワクワクが身体を包み込む。明日、目が覚めれば枕元にプレゼントがあるのだ。中身は何だろう。ゲーム機か？　カセットか？　ヒーローフィギュアか？　中身が何だろうと、きっと素晴らしい、自分の想像を超えてくるものだ。そう思うとなかなか寝付けない。

そういう思いを、俺はマリー殿下の調教に抱いている。常に気持ちはプレゼントボックスを眼の前にした子供だ。今日の調教は何だろう。鞭《むち》か？　蠟燭《ろうそく》か？　放置プレイか？　中身が何だろうときっと、俺の貧弱な想像をはるかに超えてくれる。

「マリー・アストリア、参上いたしました」

「クライヒハルト、同じく参上いたしました」

貴族たちがひしめく王の間で、満面の笑みを浮かべて挨拶を申し上げる。

先ほどマリー殿下にお相手頂いた俺はもう人生の絶頂状態。ニッコニコである。

マリー殿下の身体は余すところなく芸術品なのだが、やはり特筆すべきを挙げるとすればその冷たい顔、そして一寸の狂いもなく完璧に形作られた脚を推さざるを得ないだろう。その肌の白さと滑らかさは、まさに神が造りたもうた至高の脚だ。マジで最高。型取りしたい。型取りして抱き枕作って毎晩それで眠りたい。

ほどよい肉付きに、むちむちと柔らかくしっとりとしたきめ細かい肌……。
Q．神を信じる？
A．さっき見た。
と、街頭インタビューで聞かれたらそう答えてしまうだろう。

「うむ……楽にしてよい。面をあげよ」

はは｜。

〝完璧な英雄〟として姫様にプロデュースして頂いているこのクライヒハルト卿は、礼儀作法もそこそこ出来る男である。騎士の礼を恭しく済ませると、グラナト国王は満足げに頷《うなず》いた。

「クライヒハルト。卿《けい》の目も眩《くら》むような活躍の数々、余の耳に絶えることなく届いておる。先日も、卿の働きによって臣民たちがどれほど心安らいだことか。獅子奮迅《ししふんじん》の働き、誠に見事であった」

「有難き幸せ。陛下のお言葉、胸に染み入るばかりでございます」

「うむ。そこで卿に与える褒美として、アストリア家の王領……デミス平野を――」

「――お待ちください。誠に申し訳ありませんが、どうか私の言葉をお聞き届けください」

インターセプト。王の言葉を遮るまああの無礼だが、周囲の貴族も王も何も言わない。この後に俺が何を言うか、だいたい分かっているからだ。マリー殿下のお陰でニッコニコの俺は、ペラペラと適当に舌を振るう。

「私のほんの僅かな功績など、いったい何になりましょうか。陛下は素性も知れぬ平民である私を、騎士団長という分不相応な身分まで取り立ててくださいました。その御恩に比べれば、私の僅かな奉公など、ほんの一欠片《ひとかけら》にもなりません。こうして、陛下にお褒めの言葉を頂けた。

その幸《さいわ》いだけで、私は十二分に満たされております」

横でマリー殿下が辛《つら》そうな顔をしている。

嘘《うそ》じゃないよ。忠誠の向いている先がマリー殿下ってだけで、言っていることは本当に嘘じゃないよ。

「この度のワイバーン騒ぎでは、多くの民が被害を受けました。恐れながら陛下におかれましては、私などに御心《おこころ》を割かれるよりも、なにとぞ人心を慰撫《いぶ》していただきたく……」

「……なんと、では……」

「私は小麦の一欠片、土の一塊《ひとくれ》も欲しくはありませぬ。ただ、傷ついた民が癒されることを望むばかりであります」

「おお……クライヒハルト卿、卿がそこまで申すか……」

横でマリー殿下が痛みを堪《こら》えるような顔をしている。

これも嘘じゃないよ。もうご褒美は隣にいるマリー殿下から山ほど貰ったし、これからもマリー殿下から受け取り続ける予定だから嘘じゃないよ。

マリー様の調教に比べれば、私は小麦の一欠片、土の一塊も欲しくはありませぬ。ただ、これからも私を定期的に踏んでくれることを望むばかりであります。

「全く、クライヒハルト卿は……！」

「まさに、騎士の鑑《かがみ》。王国最強にして、史上最高の英傑よ」

「然《しか》り。卿の言葉、欲に目が眩んでいた我が身に染み入るばかりである」

周囲の貴族たちがざわざわと囁くのがかすかに聞こえる。良いぞ良いぞ、もっと俺を褒め称《たた》えてくれ。ジェットコースターと同じで、高い所まで上がった方が堕《お》ちた時に気持ちいいからな。

「ふむ……いや、しかし……」

「もしどうしてもと仰《おっしゃ》るのであれば、どうかマリー殿下へ褒美をお与えください。殿下のお力添えがあってこそ、此度《こたび》の遠征も無事に終わることが出来ました。なれば、その功績は殿下にこそ……」

横でマリー殿下が血を吐きそうな顔をしている。

こういうやり取りはもう何度もしているのだが、その度にマリー殿下はこうして辛そうなお顔をされる。恐らく、自分の物ではない手柄で褒美を受け取るのに気が引けるのだろう。俺はマリー殿下の従順なマゾ犬なのだから、気にする必要無いのに。しかし、そういう奥ゆかしい所もまたお可愛《かわい》らしい。ぜひ虐めていただきたい。

「全く、マリー殿下は……！」

「チッ……まさに、主君の鑑。英雄を従えるに相応《ふさわ》しい御方《おかた》ですなぁ」

「然り然り。我々も、（反面教師として）見習わなければなりませぬな」

周囲の貴族たちもこう言って褒めているし。良いぞ良いぞ、俺のご主人様をもっと褒めるがよい。あ、しかし俺は奴隷の多頭飼いには反対派だからそこは気を付けてくれよ。

「……うむ。マリーについては、歳費の増額を検討しておこう」

いえーい。これで俺とのプレイにももっと幅が増えるぜ。商国に良い蠟燭があるらしいんですよね。俺、気になります!!

それに実際のところ、欲しいもんなんて何も無いしな。金はもう十分に持っているし、特に買いたい物も無いし。領地があったってなあ。俺に治められる領民が可哀想《かわいそう》すぎるわ。クライヒハルト流のシムシティは街に娼館《しょうかん》しか建てないぞ。

その後、王の素晴らしく感動するお言葉とか、第一王子が率いている騎士団へ褒美を与えるとか、今は帝国からの使者が来ているから失礼の無いようにねとか色々話した後。

「……それでは、これにてクライヒハルト卿に対する論功行賞は終わりとする」

王が厳《いか》めしい表情と共にそう告げた。

ヨシ！（現場猫）今回は礼儀作法もミスらなかったし、良い感じだったんじゃないすかね。

横で脂汗を流している（なんで？）マリー殿下を眺めながら、俺はそう満足したのだった。

第四話　マゾ奴隷と書類

どうもこんにちは。

休日はもっぱらマリー第二王女の居室に入り浸っているでお馴染《なじ》み、クライヒハルトである。

ご主人様のことが大好きで、言うことを何でも聞いて、何処《どこ》に行くにもついて行きたがる。

ふむ。特徴だけを抜き出せば、これはもう犬系彼氏と言っても過言ではないのではなかろうか。

人懐っこくて甘えん坊なクライヒハルトくんをどうぞよろしく。特技は竜殺しです。

「くぅ～ん♥」

試しに、近くを通りかかったイザベラさんに俺のプリティフェイスをお見舞いしてみる。

可愛《かわい》い可愛いマゾ犬だワン♥　ご主人さまの躾《しつけ》が欲しいワン♥

「……チッ」

舌打ちされた。

アレッ……おかしいな、俺って王国最高の英雄で、王国を代表する騎士団長なんだけど……。

「くぅ～ん♥　へっへっへ♥」

偶然咳《せき》がでちゃったのかな？と思い、とりあえずもう一度試してみる。床に寝っ転がって、へそ天状態である。存分にお腹《なか》をワシャワシャしてくれていいぞい。

「……ペッ」

唾を吐かれました。

あまりの衝撃に硬直する俺を他所《よそ》に、イザベラさんはそのままスタスタと部屋を出ていってしまった。

こんな……こんな扱い……!!　人類最強の英雄で、巨人の群れだって鏖殺《おうさつ》できる俺に、こんな屈辱……！

「……最高のメイドさんだ……！」

感涙。

流石《さすが》にマリー殿下の御付《おつ》きを務めているだけのことはある。ほんの気まぐれからこんなに素晴らしいプレイを頂いてしまい、感謝の限りである。

「……何してるの？　貴方《あなた》……」

「くぅ～ん♥」

「いや、それはもういいから」

そのままゴロゴロ寝転んでいると、奥の机で書類を処理しているマリー殿下に声をかけられた。

暇なのである。何でも帝国からの使者が来ているとかで、最高戦力である俺がずっと王宮に据え置かれている。普段はもう少し警邏《けいら》の仕事とかがあるのに、やることが全くない。

「姫様。もう何回も聞いてる気がするんですが、何か仕事無いですか？」

「もう何回も言ってるけど、無いわよ。大人しく私を警護していなさい」

「王都のダンジョン警備とか……農村のゴブリン退治とか……」

「無いわ。そう言うのは全部兵士や冒険者の仕事。彼らはそれで生計を立てているのだから、彼らの食《く》い扶持《ぶち》を奪うような真似《まね》はやめなさい」

「……姫様の書類整理のお手伝いとか……」

「貴方、これ理解できるの？　貴方が意外と数字に強いのは知ってるけど、王宮流の雅《みやび》な言葉遣いでなければ正式な書類として認めてもらえないわよ」

「…………………………」

完全敗北。

畜生。戦闘力が絡まない場面において、俺はこんなにも無力なのか。国の有事に活躍すると言えば聞こえは良いが、裏を返せば平時はただのごく潰しということである。

【悲報】クライヒハルト、役立たず確定!?　パワー以外に取り得ないアホなのバレバレ
うう……マリー王女……捨てないでくれ、こんな役立たずな俺を……。

「くぅん……」

「はいはい、落ち込まないの。前代未聞よ、ゴブリン退治に行きたがる英雄なんて」

「……せめて、後ろで見させてください。ちょっとでも勉強します……」

「いや、これ機密書類……あ、良いのか。貴方、第一騎士団の団長だものね」

寝そべったまま床をノソノソと這《は》って進み、マリー殿下の背後に立つ。

書類が山積みにされた机に、使い古されたペン。その中央に座るマリー殿下は、いつもの調教とはまた一味違う真剣な表情をしていた。

ふむ。

マリー殿下の首筋はお美しいな……国宝にした方が良いんじゃないか？

いかん、雑念が。

色欲を振り払い、マリー殿下がカリカリと動かすペン先を眺める。迂遠《うえん》極まりない時候のあいさつや、詩的な言い回し。それらへ時折首をひねりつつ、少しずつ羊皮紙へと文を書き記していく。

「………………」

「……………………」

沈黙。

別に気まずい物ではない。理由のある沈黙がしばし流れる。

マリー殿下の持つ書類をジッと眺める。訳の分からない言い回しを切り捨て、数字とその周辺だけを読むと、何となく書かれている内容が分かって来た。

〝兵站《へいたん》〟、〝薪《まき》〟、〝補償金〟……。

「……これ、この間のワイバーン騒ぎの書類ですか？」

「……そうよ。ワイバーンによって街道が堰《せ》き止められたことでどれくらいの損失が生じて、軍を動かすためにどれほどの費用がかさんで、人々が生活を取り戻すためにどれだけの金銭が必要となったのか……。その報告書」

「え、でもこれ、姫様の管轄じゃ……」

「ええ。騎士団へ送り込んだ私の文官（劇団員）から、無理を言って回してもらったの。本来なら情報漏洩《じょうほうろうえい》よ」

サラッと言うなあ。別に王族である姫様が騎士団の書類を盗み見た所で、何かしらの法に触れる訳ではないのだが。第一騎士団は王の命によってのみ動く、グラナト王直属のエリート騎士団だ。そこに余人が干渉するというのはあまり褒められた行為ではない。確かに俺の実務を肩代わりする為《ため》と言って姫様の部下が何人か出向して来ていたが、それにしたってかなりの綱渡りだったろう。メリットも無いし。

「知っておきたかったのよ」

ペンを動かしながら、マリー殿下がそう語る。

「こうして纏《まと》めてみるとよく分かるわ。被害がね、驚くほど小さいの。亜竜とはいえ、ワイバーンは紛れもない竜種の一つ。それが人の生息域へ下りてきたというのに」

過去の事例と比べてみても驚異的だわ、とマリー様が数字をコツコツと叩《たた》いてみせる。白磁のような指が、魔導ランプの光に照らされて橙《だいだい》色に染まる。

「何故《なぜ》か分かるでしょう？……貴方がいたからよ、クライヒハルト。王国最強の英雄が、命令を受けて即座に動いてくれたから。だったらあなたの主《あるじ》である私は、その功績を一番よく知っておくべきでしょう」

それが当然だと言わんばかりに、マリー殿下はそこで言葉を切った。

「…………………………」

本当に……本当に、俺のご主人様は素晴らしい。世界一可愛い。キュート。銅像を建てたい。いや、実はもう建っているんじゃないか？

彼女のこういう気高さを、俺は本当に愛している。この話だって、俺がわざわざ書類を覗《のぞ》きこまなければ、おそらく俺が知ることは一生無かったはずだ。そして、それでいいと思っていたのだ、この人は。恩を着せようとも思っていない。自分の中の義務感に従っただけで、何か特別なことをしてやったなどと思っていない。当たり前だと思っているのだ。

愛《いと》おしすぎる。俺が姫様を大好きでいる理由の、ほんのわずかでも分かってもらえただろうか。調教の腕前は勿論《もちろん》のことだが、しかし断じてそれだけでは無いのだ。

「……ちょっと、クライヒハルト？　何よ、足元に寝そべらないでちょうだい」

「まあまあ。ちょっとこういう気分なんです」

「もう……今は遊んであげられないわよ」

そう言いながら、かがんで軽く頭を撫《な》でてくれるマリー殿下。

いやー……本当、対価が釣り合ってないよな。巨人とか竜とかをチョチョイのジョイするだけで、こんな素晴らしい女王様に虐《いじ》めてもらえるとは。頑張ってきて良かったわ。

「姫様、何かして欲しいこととかあります？　山でも竜でも何でも斬りますよ」

「はいはい。大人しくしといてちょうだい」

狩りの獲物を見せたがる習性……俺は犬ではなく、猫系男子だったのかもしれんね。

カリカリと羽ペンを動かす音が響く中、俺はマリー殿下の足元で一眠りするのであった。

どうも。

宮廷臣下から蛇蝎《だかつ》のごとく嫌われている、マリー・アストリアである。


「……寝たわね、コイツ……」

足元でスヤスヤと眠る英雄を、呆《あき》れた顔で見つめる。

人の足元で気持ちよさそうに寝やがって。無法が過ぎるだろ。私、曲がりなりにも王族なんだけど。猫か？　それとも犬か？　無駄にデカい身体《からだ》を窮屈そうに押し縮めるマゾ犬からは、英雄の威厳らしきものが一切感じられない。昔飼っていた大型犬を思い出させる顔つきだ。

「まあ良いわ。これで『劇団』関係の書類も処理できるし……」

机をトントンと叩いて、クライヒハルトに怯《おび》えて出て行ったイザベラを呼び戻す。

私の配下である『劇団』の存在は、クライヒハルトに教えていない。騎士団へ送り込んだ文官も、ただの〝部下〟だと説明している。理由は単純、ギャル役とか近所のシスター役をやってもらう際、正体がバレているとやりにくくて仕方ないからだ。あくまで〝一般人〟にバレてしまうという羞恥心が重要だからな。

「姫様、クライヒハルト卿《きょう》は……」

「寝ているわ。何か有ったら飛び起きてくるから、そっとしといてあげて」

足元の英雄兼番犬をチョイチョイと指し示す。このだらしのない顔からは想像もつかないが、一応英雄なのだ。例えば此処《ここ》に何者かが侵入してくるなど、害意を感じればすぐに目覚める。

「そのように命知らずなこと、言われずともしませんよ……この距離でも、冷や汗が止まらないのですから」

「……イザベラ、本当にクライヒハルトのこと怖がってるよね」

「申し訳ありません。勿論、彼を躾《しつ》ける際には表に出さないよう心掛けているのですが……」

「分かってる分かってる。いつも本当にありがとうございます……!!」

頭を下げる。一時間~二時間の調教でパンクする劇団員が多い中、長期遠征に耐え得るイザベラ様にはいつもお世話になっております。『劇団長』としての役目に加え、クライヒハルトという世界最強のマゾ犬の調教まで。何から何まで彼女にはお世話になりっぱなしである。

「……それで、そちらは我々劇団の物ですか？」

「そうそう。経費とか給金の処理は私しか出来ないからね」

普段は一般人として暮らす彼らの、諸々《もろもろ》の経費や給金は全て私が支払っている。今期は他国への出向も多かったため、全員にボーナスを支給する予定だ。

その全てが一流の諜報員《ちょうほういん》である『劇団』は、当然ながら維持にもかなりの金額が必要となる。以前は私の生活費すら切り詰めて彼らを養っていたが、最近は足元のマゾ犬のお陰で随分と楽になった。

「劇団員も喜ぶでしょう。私の後輩など、王都で冬の新作を買うと張り切っていました」

「そう……歳費増額の申し出、未《いま》だに全然通らないけどね。クライヒハルトが功績と引き換えにって具申しても、三回に一回通ればいいなってくらいだし」

私、宮中で嫌われすぎていてウケる。いや、ウケちゃ駄目なんだけども。せめてクライヒハルトが具申した時くらいは100%通せよ。

「そもそも、コミュニケーションが断絶しているのよ。彼らにとって、私は棚ぼたで英雄を見つけ出しただけの庶子。濁った血の、娼婦《しょうふ》の娘。そもそも対等な存在じゃないの」

「信じられない低能どもです。誰よりも王国を愛し、王国に貢献している姫様に対して無礼を働く、家畜以下の畜生ども。汚らわしい蛆虫《うじむし》め。彼らの眼《め》を眼窩《がんか》から引きずり出して腹を裂き、目の前で自らが誇る貴族の血とやらをドブへ捨ててやりたい気分です。クライヒハルト卿にお願いして、一家もろとも惨殺していただきましょう。その為なら私は死んでも良いです」

「……お、思ってた数倍ヘイト感情が高いと、ちょっとビビるわね……」

イザベラ、私に対する忠誠心が高すぎておかしくなってるな……。

彼らも普通に、良い貴族ではあるのよ？　それぞれの領民たちには普通に慕われてるし。

「不満です。姫様を崇《あが》め奉れとまでは無理強いしませんが、せめてその汚らしい口とがらんどうの眼を縫い針で縫い付け、姫様が前を通るたびに五体投地で迎えるべきです」

「どんな独裁者よ」

伝説に謳《うた》われる暴君でもそんなことしないぞ。

「まったく……そもそもね。彼らの中には、本気で国を想《おも》ってる貴族も少なからずいるのよ」

「……その結果が、姫様への陰口ですか？」

「彼らなりの、精一杯の忠言よ。面と向かって言ったら処刑されると思ってるから、遠回しに遠回しに私へ伝えようとしてるの」

そう。

私を嫌う全ての貴族が『平民の娘』という理由だけで嫌っていれば、まだ話はマシだった。

彼らの中には領地経営で優れた結果を出していたり、軍役で大きな功績をあげたような、優秀な貴族も何人か交じっているのだ。

不満げな表情を崩さないイザベラに、何度繰り返したかも分からない説明をもう一度繰り返す。

「前提として。王国貴族全員の共通認識として、クライヒハルトは『完璧な英雄』なの。先代の英雄が衰えて以降、帝国に押されっぱなしだった王国を救ってくれた、完全無欠の大英雄。他国の奴《やつ》らのように無茶な要求をしたりしない、国家として理想の英雄」

「……はい。実態を知っている私としては飲み込み辛《づら》いですが、納得は出来ます」

「そんなクライヒハルトに、唯一欠点があると言われているのが『女の趣味』なの。高慢で、礼儀知らずで、民の血税を散財する悪女。マリー・アストリアに引っ掛かってしまったのが、あの英雄の唯一不幸な点だって言われているわ」

社交界での私の評判は、最悪と言っていい。

まず、平民の娘というスタートから良くなかった。

次に、僅かな歳費を使って諜報組織を造り上げようとしたことも良くなかっただろう。

それに加えて、嫌みを言う時だけはよく動く口に、面影も覚えていない母譲りらしき冷たい容貌。私が社交界に出て早々に、第二王女は虎視眈々《こしたんたん》と権力を狙う悪女だというイメージが定着した。

何より。

「私の歳費はね、その殆《ほと》どが貴族たちにとって〝使途不明金〟なの。仕方ないわよね、『劇団』の総数も活動内容も誤魔化して伝えているし。クライヒハルトの性癖を隠すためとはいえ、向こうからすれば心証は最悪よ」

①貴族たちにとって、クライヒハルトは完璧な英雄だ。
②そんな彼が、自分の功績を全て悪女と囁《ささや》かれる王女に捧《ささ》げている。
③そして王女が何に金を使っているのかは不明で、何やら諜報組織を造り上げているらしい。

「……正直言って、この状況で私を危険視しない方がイカれてるわ。逆の立場だったら、私だって同じように考えてもおかしくない」

問題はまだまだある。私の騎士であるクライヒハルトが、王の命にのみ従う第一騎士団の団長を務めているという権力の二重構造もそうだ。現在は父上が私にクライヒハルトの出動を要請し、私が許可を出すという極めて歪《いびつ》な命令系統になっている。さっさとこの二重構造を解消し、マリー・アストリアからクライヒハルトを引き剝がそうとする勢力は無数に存在する。

私が『散財している放蕩《ほうとう》王女』だけだったならば、まだ話はマシだったろう。

しかし私は庶子であり、危急の事態にはこの歪な命令系統によって致命的な遅れが生じかねない。貴族たちが私を蛇蝎のごとく嫌うのも、まあ彼らなりの理屈はあるのだ。

まあ、だからと言って普通にムカつくんだけどな！！！！

「陰口を通して、宮中で自分がどう見られているかを顧みさせたり。迂遠な言い回しで忠告したり。彼らは本気で、国を揺るがしかねない悪女である私を何とかしようとしてるのよ」

彼らが勝手に脳内で創った虚像だけどね。そう口の中で転がして、足元に寝ころぶクライヒハルトの頭を撫でる。アホな寝面しやがって。お前を英雄にプロデュースするために、私がどれだけ苦労してると思ってるんだ。えいえい。頬をつついてやる。

「……姫様」

「別に構わないわ。誰に何を言われようが、私はこの国を愛している。クライヒハルトにも感謝……感謝か？　いや……まあ、感謝してるし。多分。きっと。未だに本気のこいつを見ると震えが止まらなくなるけど……」

ちょっと普段のアレソレが頭をよぎってモニョモニョしてしまったが、とにかく。

これでも、以前よりは何倍も状況が好転しているのだ。

「やっぱりクライヒハルト卿に言って殺してもらいましょう。姫様を敬わない屑共《くずども》は皆殺しです」

「話聞いてた？？？」

部下が私のことを好きすぎる件。

「だいたい、聞いていれば殆どクライヒハルト卿のせいではないですか。許せません。どこまでもご主人様に迷惑をかけるマゾ犬です。去勢してやりましょうか」

「それ言われても喜ぶだけだからやめときなさい……そもそも、功罪で言えば功の方が圧倒的なんだから」

「分かっていても許せません。この変態。マゾ。女性に虐められて喜ぶ、オス失格の情けないマゾ……」

「だから、喜ぶだけだって……」

クライヒハルトの頬をペチペチと叩くイザベラを、苦笑いしながら宥《なだ》める。クライヒハルトが寝ていると強気よね、この娘。

「はいはい、良いから良いから。ほら、見なさい？　増えた歳費で、今期のボーナスは前年度より大幅アップよ」

「素晴らしいですね。私の後輩も、早く刀の切れ味を試したいと喜んでいました」

「……〝冬の新作〟って、刀のことだったの!?　前から思っていたけど、貴女《あなた》の後輩って結構イカしているわよね……」

まあ、とにかく。

クライヒハルトを含めるかどうかは要判断としても、私には良い部下たちがいる。それだけで、何となく救われた気分になるのだった。

第五話　マゾ奴隷と皇帝

「……では、帝国としては和平を望んでいると？」

王宮の中、厳重な警備に囲まれた部屋で。

二人の男女が、テーブルに向かい合って座っていた。周囲には無数の役人たちが、この会談を記録として残すべく筆を必死に走らせている。

「ええ、勿論《もちろん》。我々は、あまりに血を流し過ぎました……我らがリラトゥ皇帝は、大変心を痛めておられます。北大陸の魔族が、不穏な動きをしているとの情報もあります。過去の確執を乗り越え、共に手を取り合いましょう」

〝心から平和を願っています〟と言わんばかりに、帝国の女性は美しい笑みを浮かべる。打算と策謀に裏打ちされた、人工的な欺瞞《ぎまん》の笑みだった。

「(よく言う……クライヒハルト卿《きょう》に怯《おび》えただけだろう。だが、ある意味で好都合だ。帝国に略奪された領土を、どれ程取り戻せるか……腕の見せ所だな)」

「(奴《やつ》さえ現れなければ、今頃この城には我らが帝国の旗がはためいていた物を……だが、王国とて負け戦に疲弊しているはず。出来る限り損失を抑えたいが……しかし……！）」

にこやかに笑いあう両者の間に、ピリピリとした緊張感が高まっていく。

互いに、停戦の合意は取れている。後は、具体的な和解の条件だ。クライヒハルトを理由に領土割譲を求める王国と、疲弊した王国軍を理由にそれを避けようとする帝国。相対する両者の舌戦は、今のところ平行線を辿《たど》っていた。

過熱していく苛烈な交渉戦。その天秤《てんびん》を傾けたのは、一通の魔導通信だった。

「あ……あの!!　外務官殿に、通信が入っております!!」

「……失礼」

切羽詰まった様子で現れた通信使に、帝国の外務官がそう断りを入れる。複数の魔導士間でパスをつなぐことで、超長距離での会話を可能とする魔導通信。莫大《ばくだい》なコストがかかるこれを誰が使ったか、彼女には既に見当が付いていた。

「……はい……はい、ええ……。いえ、それは……お待ちください、本当に勘弁してくださいよ……謝ります、誠心誠意謝りますから……どうかそれだけは……あ、陛下!!」

わずかな沈黙。

先ほどまでとは別人のような取り乱し方を見せた彼女は、周囲の視線を一身に集め、窮屈そうに身をかがめながらこう言った。

「……リラトゥ皇帝陛下が、クライヒハルト卿にお目にかかりたいと申しております」

「……帝国の皇帝が、こっちに来るらしいわ」

「え」

どうも。鞭《むち》は乗馬鞭よりバラ鞭が好み、クライヒハルト卿である。

今日も今日とて姫様の部屋の暖炉でぬくぬくしていると、姫様がとんでもない爆弾発言をなされた。

帝国。

自らが抱えていた英雄に国を乗っ取られ、国号や法すらも変えられた失敗国。その皇帝が来るということは、つまるところ帝国の皇帝にして【英雄】……あのイカレた食人鬼が来るということだ。

「な……なんでそんなことに……？　やめときましょうよ……無辜《むこ》の王国民が何人行方不明に

なるか知れたものじゃありませんよ……？」

虎の前に肉を差し出して、ほーら食べていいよと促すようなものだ。やめなされやめなされ、R－18Gは健全な青少年の成長に悪影響ですぞ。

「絶対ろくなことになりませんって……王国民の指でわんこそば大会とか開かれますよ」

「縁起でもないこと言わないの。わんこそばって何よ、可愛《かわい》い名前ね……」

嫌だ〜〜〜〜〜。去年ハチャメチャに戦って決着ついたはずじゃんって。もう奴の顔も見飽きたよ。完全に食傷気味である。

前皇帝の血族を廃し、国号を改めた後……あの英雄は、二つだけ国の制度を変えた。

一つ。従来の司法制度を厳格化し、死罪判決が下された者は即時処刑されるようになり。

二つ。帝国領内での食人行為が合法化された。

勘のいい人間なら、何が目的かよく分かるだろう。つまりあの皇帝は、罪人を喰って処刑しているという訳だ。合法的かつ誰にも邪魔されず人を喰《く》いたいという欲望を叶《かな》えるために、ついに国の方を変えてしまったのである。正直言ってキモ過ぎです。

「そもそも、何しに来るんですか……？」

王国侵攻の動機も、〝もっと人を食べたかったから〟という理由でやった怪物だぞ。そう思いながら聞くと、マリー殿下は顔をしかめて俺を指さした。

「……貴方《あなた》よ」

「は？」

「貴方に会いたいって言っているのよ。リラトゥ帝国初代皇帝、リリカ・リリラト・リラトゥは」

「え、嫌です……」

あのイカレ女には二度と会いたくないです。

俺に喰われろとおっしゃる?? R－18Gは苦手なんだって。

脊髄反射で拒絶の言葉を吐き出した俺に対し、マリー殿下は頭を押さえながら話を続ける。

「……国家の全権を握るリラトゥが来ない限り、帝国との和平交渉は停滞したままよ。そして英雄《爆弾》である彼女を王国に招く以上、同じく英雄である貴方が彼女を抑えないと危険すぎるわ」

「嫌です……」

「……継戦を主張するアホな貴族もいるけどね、こっちの懐事情はもう限界間際なの。次の戦争で貴方はリラトゥを殺せるでしょうけど、代わりに王国は致命的なダメージを負って崩壊するわ。今回の停戦は、互いにとって最善の道なのよ」

「重ねがさね嫌です……」

というか、既に停戦は決まっているんだし後はもう良くないです？ 会いたくないって。マジで俺を物理的に食おうとしてくるんだぞ。それを覆すほど、俺の王国に対する愛国心は高くない。異邦人にそこまで期待する方が間違ってるぞい。

駄々をこねる俺にマリー殿下は少し沈黙した後、冷たくため息をついて舌打ちをした。

「チッ……」

「!!」

「貴方、自分の立場を忘れてるんじゃないの？　ねえ。貴方は、一体、誰の犬かしら？」

「ワン！　マリー殿下の犬ですワン!!」

素早く気を付けの姿勢を取り、マリー殿下へ熱の籠った眼《め》を向ける。

そうそう。俺に命令するときはこうやってくれないとね。流石《さすが》マリー殿下、よく分かっていらっしゃる。

「そうよねえ。女の子に虐《いじ》められるのが大好きな、ド変態のマゾ犬よね。だったら、取るべき態度が違うんじゃないかしら？」

マリー殿下が顎をしゃくると、背後からイザベラさんが俺の肩を摑《つか》み、強制的にマリー殿下へ跪《ひざまず》かせる。くっ……身動きできないぜ!!　無理矢理土下座させられるなんて屈辱なのに、たぶん関節とかを極《き》められてて全く動けないぜ!!　決して、俺が抵抗してないとかではない。

床に這《は》いつくばって、マリー殿下を見上げる。相変わらずお美しい。女性は見上げる方が美しく見えるよね。

「そうそう。こうやって見下されて、馬鹿にされて、笑われるのが気持ちよくて仕方ないんでしょう？　この変態。お望み通りたくさん虐めてあげるから、ちゃんと言うことを聞きなさい？」

「くっ……ご褒美が欲しいです……」

「…………何個よ」

「2個……いや、3個で……」

「…………まあ、いいわ。3個ね」

よっしゃあ。

喜びのままに立ち上がり、キラキラとした英雄スマイルを浮かべる。

「ご下命、確かに承りました！　無辜の人々を守るために、私は騎士となったのです！！！かの人喰い皇帝が何をしようと、愛すべき民は誰一人傷つけさせません！！！」

「……面の皮の厚さだけは見習いたいわね……」

ジト目で俺を睨《にら》むマリー殿下へ、俺はより一層輝かしい笑顔を向けるのだった。キラッ。

そして。

「……と、いう訳で俺はお前の護衛役を仰せつかったという訳だ。マリー殿下の海より深く山より高い慈悲に感謝せえよ」

「うん。超感謝。ぴすぴす」

そう言って無表情のままピースをする、幼い少女。

彼女こそがリラトゥ帝国初代皇帝、リリカ・リリラト・リラトゥだ。

「会えて嬉《うれ》しいな、クライヒハルト……。やっぱり実物の方が恰好《かっこい》良いね」

「えー、うれしー」

俺は人払いされた部屋の中で、ポリポリと骨をつまむこのイカレガキの相手をせねばならんのだった。骨せんべいってこういうお菓子だったっけ？

「……一応聞いとくけど、今喰ってんのって何？」

「大丈夫。これは魔物の骨。マナーは守る。礼儀を守ってこそ、食人は美味《おい》しいから」

「へー……帰っていい？」

怖いよ〜〜〜〜〜〜。

見た目はジト目ロリって感じでメチャクチャ好みなのに、言っていることが常軌を逸していて会話になんないよ〜〜〜。

「……………………」

「…………………………」

きまずっ。もう話題が無くなってしまった。ポリポリと、リラトゥの咀嚼音《そしゃくおん》だけが響く。

え、これ、俺がホスト側なのか？　もてなさないといけないのか？　勘弁してください。俺に戦闘力以外を期待しないでくれ。

「えっと……な、何しに来たの？」

Ｙｏｕは何しに王国へ？　いや、ほんとに。お前の御付《おつ》きの外務官、心労で死にそうな表情してたぞ。国家元首にして最高戦力がホイホイ移動しないでくれますかね。

「……去年は、楽しかったよね」

「べ、別に……？」

「帝国の死者はね、全部わたしが食べたの。みんな、わたしの為《ため》に頑張ってくれたから。王国側もたくさん食べたよ。みんな凄《すご》い人たちだったから」

「お前のそれ、こっちではとんでもない問題になってたぞ。家族の遺体が帰ってこないっつって」

「人を食べるのは楽しい。その人のお肉がじわーってお腹《なか》に染みて、全部がわたしの物になるの。その人のことが全部分かるの。それが気持ちいいの」

「話聞いてる？　次無視したら肉体言語で会話させてもらうからな」

不思議系のキャラでいけば多少の無礼は誤魔化せると思うな。俺はいざという時の暴力は躊躇《ためら》わん男だぞ。

「あー……とにかく。これで王国とは手打ちにするってことで良いんだよな？」

「うん。これ以上やると、人が減り過ぎちゃうから。いっぱい食べる為に攻めたのに、スカスカになっちゃったら意味ないもん」

「ヒエ～～～～」

えーと。

王国を併合して、領内で生まれる罪人の数を増やすために攻め込んだけど、これ以上人間が減ると損益分岐点を下回っちゃうってことだよな？　言っていることヤバすぎ。国家経営を牧場物語感覚でやらないでもらえますかね。

「ヨシッ、それさえ分かりゃ後はどうでもいいや。やっぱり平和が一番だよな。じゃ、後は文官相手に話を進めてもらって……」

「貴方に会いに来たの、クライヒハルト」

「…………」

会話が成り立たん……！

マリー殿下……！　今、猛烈に貴女《あなた》に会いたいです……！

「……それ、お前の御付きも言っていたけどさ。どういうことなん？　お互い、去年でもう散々顔合わせただろ。もういいよ。もう夢にうなされるくらいお前の顔は見たって」

「うん。わたしも、貴方のことを毎晩夢に見る」

「は？」

「貴方を食べたいの、クライヒハルト」

「…………………………」

絶句。

「あ、食べてもらう方向でもいいよ」

「待て待て待て待ってくれ。何？　もしかしてだけど、来た理由ってそれ？」

「うん。今まで生きてきて、貴方くらい強い人に会ったのは初めて。食べたいし、食べられたい。貴方と別れてから、他の人は一人も食べてないの。食事は全部魔物だけ。貴方の為に、大切に取っておいてあるの」

「帰っていいか？」

助けてくれ。

「わたしの能力、知ってるよね？　わたしに食べられた物は……」

「……お前の体内に蓄えらえて、好きな時に呼び出せる従僕になるんだろ？　知ってるよ、去年散々苦労させられたんだから……」

英雄と認められる条件は二つ。

超人的な身体能力と、それぞれ固有の、強力な【異能】を有していることだ。

このジト目ロリもその例に漏れない。帝国初代皇帝、リリカ・リリラト・リラトゥの能力を広く解釈するなら、〝調教師《テイマー》〟ということになるのだろう。

食べた者を、自らの僕《しもべ》として呼び出す能力。一人で万軍を用意できる力だ。以前の戦争では、この能力によって呼び出された魔物の群れに王国軍はズタボロにされていた。

「そう。だから、ね？」

「なになになになに、なにが〝ね？〟なの？　怖いって。お前の脳内論理だけで話を進めないでくれ」

「……むう。まあ、いい。まだ仲良し度が足りない」

「その概念も何？？？」

そのまま、リラトゥはすくっと立ち上がり。

「帝国は和平を望んでいる。王国はわたしより弱いけど、貴方はわたしより強いから。これ以上戦っても、お互い損になるだけ」

「はあ……それで？」

「仲良くしたい。交易もしたい。王国から小麦を買って、帝国の鉄を売る。お互い、もっと豊かになる」

「いいことですねえ」

「うん、いいこと。これからはずっと仲良し。その為なら、わたしのペットも何匹か貸してあげる。土地とお金はもう帝国の人にあげちゃったけど、必要なら他所《よそ》を新しく開拓してあげても良い」

「はあ……まあ、ありがとう、でいいのか……？」

「……どう？」

「ど、どう……？？？」

い、いいことですね……？　何？　なんなの？　ジッとこちらを覗《のぞ》き込んでいるリラトゥの眼は、まるで昆虫のように何の感情も浮かんでいない。

「プレゼントをあげると、仲良くなれるんでしょ？　……まだ、食べさせてくれない？」

「何してもダメだわアホ」

「……仲良し度上げるのって、難しいね」

「本来はもっと簡単なはずなんだけどね」

可愛らしく首を傾《かし》げるリラトゥを、異星人を見るような眼で見つめる。地獄だよこの部屋。

ちなみに俺の仲良し度は、俺の尻を叩《たた》いたり顔を踏みつけたりすると上がるぞ。叩くとスコアが上がる、ほとんど太鼓の達人と一緒の仕組みだ。ぜひフルコンボを目指してくれ。

「じゃあ、わたしを食べる？」

「今の話の何処《どこ》に〝じゃあ〟ってなる要素があった？」

文法どないなっとんねん。順接の定義を勉強し直してこい。

「うーん……難しい」

「異星人がコミュニケーション取ろうとしているみてぇだな、お前……」

「とりあえず、今日は帰る」

「おー……え、今日……？」

「うん。王国の人が足元を見てきてるせいで、交渉は難航しているから。しばらくは王都に居る」

「カス貴族ども……！　許せへん……許せへんよ……！」

「またパーティも開くし、一緒に共同作戦したりするから。絶対来てね。来ないと……」

「……来ないと、何？」

「……吐くから」

「行きまーす……」

リラトゥの僕は虚空から呼び出せるが、ある程度強力なものは口から吐き出す。もっと強いのを呼び出すときは、腹で混ぜ合わせてキメラにしてから出す。ロリの腹が妊婦のようにみるみる膨れていったかと思うと、それを突き破って怪物が飛び出してくるのだ。普通にトラウマ物である。

前の戦争でさんざん見たグロ画像を思い返してげんなりしながら、俺はそう弱々しく返事をするのだった。

第六話　マゾ奴隷と祝宴

『……お前、やってることメチャクチャだぞ……!!』

『なんで？　帝国は、全部わたしが食い尽くしたの』

グチャグチャと、肉を喰《く》う音が響く。

『食べたならもう、わたしの物なの』

グチャグチャグチャグチャ。

肉が潰れる音が響く。

額から血を流す俺のものではない。避難していく兵士、必死に立ち向かわんとする騎士たちのものでもない。

グチャグチャグチャグチャグチャグチャグチャグチャ。

少女の小ぶりな腹が、どんどんと膨れていく。幼い体に不釣り合いの、妊婦のように膨れ上がった腹。娼館《しょうかん》ならば淫靡《いんび》な光景として持て囃《はや》されたであろう光景も、今はただ不気味な怪物にしか映らない。

リリカ・リリラト・リラトゥの胎の奥から、この音は響いている――――！

『――わたしの全部で、貴方《あなた》に勝つの』

瞬間。

リラトゥの腹を突き破り、母の命令を受けた化け物《キメラ》の群れが視界を埋め尽くした。


「……夢見が最悪過ぎる……」

どうも。正直自分のことをコスパの良い英雄だと自覚してないでもないでお馴染《なじ》み、クライヒハルトです。


リラトゥと久々に会ったからか、去年の戦争のことを夢に見た。

あれは本当に地獄だった……戦争の終盤も終盤、リラトゥが帝国軍全てを囮《おとり》にして俺の陣地へ襲撃を掛けてきたのである。自らが生み出せる魔物の殆《ほとん》どを投じた、戦略的には愚策なはずの総攻撃。それを、何のためらいもなく行った。ただ、俺と決着をつける為《ため》だけに。

戦術や戦略など一切気にしない。ただ俺と戦いたいだけで、国一つを使い潰せる怪物。

単一の目的の為に全てをなげうって動く、昆虫めいた無機質な部分が彼女にはあった。

「あれを制御できると思った前の帝国、マジで何考えてたんだ……？」

ちなみに。

コスパの良さという点では、リラトゥも中々の物だったりする。

なんせ、帝国軍は一人残らず解体されたからな。その中でも汚職を働いていた者は、物理的に〝解体〟された。今はあいつが産みだした兵隊が、無賃無休で帝国の治安を維持している。

他にも、奴《やつ》の産み出したオーガやトロルが公共工事で活躍したりしている。無限に人手を産み出せるという点では、奴ほど国家運営に向いている英雄は存在しないだろう。

たった一人に軍やライフラインを全て依存するという恐ろしさにさえ目を瞑《つぶ》れば、奴を自国の英雄として祭り上げた前皇族たちも優秀だったのかもしれない。結果は……まあ、うん。

この世の無常さを嘆きながら、近寄って来たメイドの方々（マリー殿下の部下をお貸しいただいている）に身だしなみを整えてもらう。

無常と言うなら、今の俺だってそうだ。

今日は、リラトゥが友好のために主催するパーティの当日。王国の【英雄】として、俺も当然それに出席せねばならんのだった。嫌すぎ。どんなパーティになるんだろうな。メインディッシュに人肉が出てこないことを祈る。

「……はぁ……」

「――――!! 申し訳ありません、何か粗相を……！」

「アッ違うんです違うんです、ほんとごめんなさい」

「……初代皇帝、リリカ・リリラト・リラトゥです。本日は多くの方々にご参加いただき、誠にありがとうございます。前皇帝の愚かな選択により、両国の間には多くの血が流れました。しかしわたしたち帝国は、王国と手を取り合って進んでいきたいと願っています。この会が、両者を結ぶ一助となることを願います」

……淡々と言葉を紡ぐリラトゥを、表向きは笑みを浮かべながら見つめる。

よく言うわコイツ……。戦争を進言したのもお前だし、途中で帝位を簒奪《さんだつ》してノリノリで攻め立ててきたのもお前だろ。責任を全部前皇帝におっ被《かぶ》せやがって、歴史捏造《ねつぞう》にしたって大味《おおあじ》がすぎるだろ。どういう面の皮の厚さしてんだ？

リラトゥの適当なペラ回しを聞き流しながら突っ立っていると、彼女の横に一人の男性が歩み出てくる。豪奢《ごうしゃ》な赤いローブに、よく鍛えられた肉体。彫りの深い、厳《いか》めしい顔立ち。姫様のパッパである、グラナト陛下だ。

「シグルド王国国王、グラナト・アストリアだ。まずは今日という歴史的な日を迎えられたことを、素直に喜ばせて頂きたい。戦争の傷痕は深く、両者の間には大きな溝が横たわっているが……以前の帝国は、もう何処《どこ》にもないのだ。新しいリラトゥ帝国と、また改めて友となってゆきたいと思う」

あっ、もうそういう方向で行くのね。マジかよ、遺族感情とかどうなっているんだ。全部以前の帝国の責任で、今の帝国は友好的な新国家だってことに本気でするのか。凄《すご》いな、前皇帝が墓から這《は》い出てくるんじゃないかってくらい名誉が毀損《きそん》されているぞ。

「「乾杯」」

両者が共に杯を掲げ、周囲の貴族たちもそれに追随する。俺も爽やかな英雄スマイルを浮かべたまま、パチパチと力なく拍手を送った。なるほど、全部前の帝国が悪かったんだなぁ。今は滅んだ悪の帝国め、許せへんよ。でも、民を大事にするリラトゥ陛下とならきっと仲良くできるよね。

「……さて、マリー殿下は何処にいるかな……」

「遊ぼう、クライヒハルト」

「……リラトゥ。いや、今はリラトゥ陛下とお呼びした方が良いでしょうか？」

なんだお前、ご主人様を探すワンコを邪魔するんじゃあないよ。

笑顔で向きなおり、俺のヘソほど迄《まで》しかないリラトゥを見下ろす。一応観衆の眼《め》があるからな、あまり邪険にも出来ない。マゾ堕《お》ちには入念な準備が必要なのだ。

「リラトゥで良いよ。友達だもん」

「…………はは、光栄ですね。しがない平民である私と、皇帝陛下が友人とは」

「うん。リリちゃんでもトゥーちゃんでも好きに呼んでいいよ。あだ名で呼ぶと親しいってことになるんだよね？」

「ははは……いやそんな、ねえ？　ははは……」

空笑いしか浮かべることが出来ない。助けてくれ。

「食べられるまで後どれくらいかな。クライヒハルトのこともハルくんって呼ぼうか？」

「……はは……」

そう言って歪《いびつ》な笑みを浮かべるリラトゥに対し、俺はただ乾いた笑いを返すことしか出来ない。

そんな俺をリラトゥは少し不思議そうな顔で見た後、少しだけ口を開いた。喉の奥にチラリと、昆虫の節足のような物が見える。

「……【沈黙《サイレンス》】……これで、大丈夫だよ」

「ビックリだな……お前、そんな器用だったっけ」

周囲の喧噪《けんそう》が遠くなる。

遮音結界を使える魔物を体内で召喚したのか。以前より能力の熟練度が上がってないか？

「……で、何しに来たんだよ。ホスト側だろ、もてなさなくて良いのかよ」

「うん。擬人形《ミミック》に任せてきたから大丈夫」

「本当に大丈夫かね、それ……」

実務は文官に任せているんだろうが、バレたら普通に外交問題だろ。

「楽しい？　クライヒハルト」

「え……別に……」

「なんで？　パーティって楽しい物なんでしょ？　料理も人間のお肉じゃないよ。何が足りないの？」

「……色々」

マジで人間と話している気がしないんだよな、リラトゥとの会話。

「そっか……次はどうしようかな。もっとプレゼントを渡せばいいの？」

仲良くなるにはプレゼントを渡しましょう。一緒にパーティをして、あだ名で呼び合いましょう。たまたまヒトの姿を取っただけの昆虫が、どこかで読んだ教本通りに動いているだけのようにしか見えない不気味さがある。

「マリー・アストリアでしょ」

不意に、リラトゥが無機質な眼でそう言った。

「――――」

「王国の人が困ってたよ。ワガママな王女様が、英雄を好き勝手に使っているって。わたしの耳が、そう聞いたの」

耳。リラトゥが用いる、諜報《ちょうほう》に特化した昆虫機兵。王都に侵入を許した覚えはない。恐らく、前回の戦争の時に聞きだしたのだろう。

「クライヒハルトは女の色香に弱いのが弱点なんだって。魔女に誑《たら》し込まれちゃったんだって。『英雄を侮辱するな！』ってその人は殴られていたけど、これは本当のことだからだよね」

無感情のまま、彼女はそう語る。そして俺は、既にこの話の先が読めていた。

リラトゥに人の心を理解する情緒はない。ただそう定められたプログラム通りに、彼女は動く。

「困っていることを解決してあげたら、仲良くなれるんだよね。でしょ、クライヒハルト？」

……周囲の人々が、少しずつ遠ざかっていく。原因不明の寒気に、体が無自覚に逃走を選ばせたのだろう。当たり前だ。たかが魔物程度の結界で、俺の……英雄の怒気を、誤魔化せる訳も無い。

「クライヒハルト、怒ってるの？」

「……お前、マリー殿下に何か妙なことするつもりじゃねぇだろうな」

「したら、殺す？」

「殺さん。俺はマリー殿下の命《めい》以外では、虫一匹も殺さないと決めてるんだ」

だから、それ以外の全てをやる。

そう言って睨《にら》みつけると、リラトゥは初めて笑った。背筋を凍らせる、怪物の笑みだった。

「ふふ。嬉《うれ》しい。少し仲良くなれた。やっぱり、パーティを開いて正解だったね」

話にならん。

もういい。俺はこんな風に意味深なことを言う奴が一番嫌いなんだ。頭が悪くて理解できんからな。

目の前のコイツを顔面3倍になるくらいボコボコにして、何考えてるか洗いざらい吐かせてやろう。そう決めて、一歩踏み出すと。

「……ちょっと、クライヒハルト卿《きょう》？　盛りのついた犬のように周囲を威嚇するのは止《や》めてもらえないかしら。ああ、そう言えば貴方は年中発情期みたいなものだものね」

鼓膜を心地よく叩《たた》く麗しい声。美しい顔。均整の取れたプロポーション。

世界で一番女王様、マリー・アストリア殿下が迷惑そうな顔で現れたのだった。

「ハッ、申し訳ありません！」

即座に臣下の姿勢を取る。なんや、マリー殿下おるやんけ！！！！！

チッ、無駄にシリアス顔して損したわ。舐《な》めんなよこの腐れロリが。

「リラトゥ陛下と親交を深めていた所、つい力競《くら》べのようになってしまい……お歴々の皆様も、誠に申し訳ありません。私の安い頭でご納得いただけるとも思いませんが、平にご容赦願います」

ぺこぺこと頭を下げる。全く、何でも暴力で解決しようとするとか怖いわ……野蛮人じゃんね。

殿下の靴でも舐めましょうか。いやでも、公衆下での堕ちプレイはまだ時じゃないな……。

「……何かは分からないけど、ほどほどにしてちょうだいね。発情が治まらないなら床に腰でも振ってなさい？　踏みつけてあげるから」

くぅーん、くぅーん♥

やっぱ公衆の面前で罵倒されるのが一番気持ちいいワン……！　王国最高の騎士でありながら、ご主人様に罵倒されて興奮する俺を見ないでくれ……いや、逆にもっと見てくれ……!!

「……やっぱり……」

なんだ、まだいたのかジト目ロリ。帰って良いぞ。俺も今からマリー殿下とプレイルームにしけこむから。

「クライヒハルトが可哀想《かわいそう》。助けてあげたら、食べても良くなる？」

「噂話《うわさばなし》を鵜呑《うの》みにしてて草w。言っておくが、前提条件からして全部違うからな。あまり殿下のことを悪く言うなよ」

「そうなの？　でも、ごめん。もう話は進んじゃったから」

は？

言葉の意味を理解する前に、リラトゥがグラナト王へと歩み寄る。

「陛下。恐れながら、例の話を今お伝えしていただいても……」

「ふむ……まあ、前倒しにしても問題は無いでしょう。承知しました」

グラナト王が壇上に立ち、周囲の注目を集めるように咳《せき》ばらいをする。

その背後に――――あれは、誰だ？　見たことも無い全身甲冑《かっちゅう》の男らしき人物が、恭しく立っているのが見えた。

「……そう言えばマリー殿下、どこ行ってたんですか？　寂しかったですよ、せっかくのパーティなのに」

「私に言われても困るわよ……父上に、いきなり別室で待機しておけって言われて――――」

「――――諸君。先程述べた通り、今日は記念すべき日である」

明朗にして快活。国を支える覇気を身に纏《まと》いながら、グラナト王が声を響かせる。

「何を記念すべきなのか？　それは、この場にお集まり頂いた皆様ならばもうお分かりであろう。和平条約が本日、ついに調印された。王国と帝国。不倶戴天《ふぐたいてん》の敵同士であった二者の、和解の日である」

帝国との和平、ついに成ったのか。少し前まで難航していたはずが、リラトゥが来た途端に凄い進みようだ。……あるいはそれも、あのロリの計画の内か？

「……諸君らの想《おも》い、余にも伝わっておるつもりだ。剣を置き、敵の手を取ることは、あるいはただ争うよりも大きな痛みを伴う。分かってくれとも言えぬ。ただ、待っていて欲しい。争いの終わりの先に、確かに実る物はあるのだと。それを信じて、どうか待っていて欲しい」

……周囲の貴族たちの反応は様々だ。王国の懐事情を理解していて、ホッとした顔の奴。恨みを捨てきれず、複雑な顔をしている奴。何も分かっておらず、勝てたはずなのにと悔しがっている奴。ただ和平を喜んでいる奴。共通しているのは、誰も王の決定に異議を唱えたりはしないということだ。王には……何て言えば良いんだろうな。〝自分の思いを相手に伝える〟ような、そういう力があるのだ。異能にも満たない僅かな力だが、王にはこれ以上なく適した能力だろう。

「そして」

王が、後ろを振り向く。視線を受けた甲冑男が、一歩前に出る。

「マリー・アストリア。ここへ」

「え？」

マリー殿下が？　混乱した顔のまま、マリー殿下が甲冑男の横に立つ。

な……なんだかよく分からんが、猛烈に悪い予感がしてきた……!!

「両国の友好の証《あかし》として――シグルド王国、マリー・アストリア第二王女。リラトゥ帝国、ヴェスパー・ガルドロック軍統括長。両者の婚約を、ここに宣言する!!」

「は？」

「は？」

「……ごめんね？」

万雷の拍手の中。

俺とマリー殿下は間の抜けた表情を晒《さら》し、隣のロリは相変わらずの無表情で手を合わせた。

ね……。

寝取られやんけ～～～～～～～～～～～～～～～～～～～～～～～～～～～～

～～～～～～～～～～～～～～～～～～～～～～～～～～～～～～～～～～～～

～～～～～～～～～～～～!!!!!!

王国は終わりです。さようなら。

第七話 ◆ 終わりだよ全部

「婚約破棄するわよ！！！！！！！！！」

どうも。期せずして人生の岐路に立たされている、マリー・アストリアです。

「マリー殿下……婚約破棄や悪役令嬢ものはたしかに根強い人気がありますが、好まれる類型や要点を押さえておかねば、どこかの誰かの二番煎じで終わってしまいますよ……」

「クライヒハルトは黙ってなさい！！　いや、黙らなくてもいいけどせめて起き上がりなさい!!」

『そうだ……これは夢なんだ。ぼくは今、夢を見ているんだ。目が覚めたとき、ぼくはまだ12歳。起きたらマリー殿下の所に行って、朝ごはんを食べて、涼しい午前中に仕事を済ませて調教されて、午後からイザベラさんも交ぜておもいっきり虐《いじ》めてもらうんだ……』と、うわ言しか吐かなくなったクライヒハルトを引き摺《ず》り、私たちは自分の執務室まで戻って来た。

話し合う議題は勿論《もちろん》、突如発表された私と帝国軍統括長……つまり、軍部のトップとの婚約について。

……正直言って、状況は非常に悪い。

「イザベラ!!」

浜辺に打ち上げられた海獣のようにスャァ…と寝ころんでいるクライヒハルトを横目に、イザベラを傍《そば》へ呼んで小声で話す。

「まず……まずだよ？　前提としてさ、私がヴェスパー何某《なにがし》と結婚したら、クライヒハルトってどうすると思う？」

「奇跡が起これば、大人しく何処《どこ》かに行くんじゃないですかね」

「……奇跡が起きなかったら？」

「王国と帝国が纏《まと》めて滅んで、私たちは墓の下か商国の奴隷になりますね」

だよね〜〜〜〜！！！！　ハハッ、もう笑いしか出ねえや。

「ど……どうしよう!?　冗談抜きで、私の貞操で国が滅ぶかどうかの瀬戸際なんだけど!!」

「フフッ、市井で流行《はや》りの趣味本のような台詞《せりふ》ですね」

「笑ってる場合か！？！！？！！！！！？？」

イザベラもだいぶヤケになってない？　私だってこんな恋愛しか頭にない脳みそお花畑の女みたいなこと言いたくなかったわよ。

「でも仕方ないでしょ、性欲しか頭にない脳みそお花畑のマゾがうちの英雄なんだから!!　イ……イザベラ、貴女《あなた》そういう恋愛小説読むの好きでしょ！　助けて!!　何か良い婚約破棄の方法知らない!?」

「婚約者と仲の良い平民の女子を虐めて、階段から突き落としたりすると婚約破棄できますよ」

「今から！？！？」

何年かかるのよそれ。その前に王国が滅亡する方が絶対早いわ。

「姫様、大丈夫です。私にお任せください」

「イザベラ！　何か良い考えがあるのね!?」

「前職で手に入れた、眠るように死ねる毒薬が残っております。死出の旅はお供いたしますので」

「もう諦めきってる！！！」

真顔でなんてこと言うのよ、この子。主君を毒殺しようとしないでよね。

「あ……諦めたくない!!　若い身空で王国ごと死にたくないわ！　まだ希望はある、諦めなければ何とかなるわ！　そうよね、イザベラ!?」

「はい。お茶目な冗談はこの程度にして、真面目に話しましょう」

「私はずっと真面目だったけど!?」

まだ……まだ希望は消えていないはず……！　最悪の場合何もかもをクライヒハルトがブチ壊して虐殺英雄とか呼ばれることになりそうだけど、この世の中に絶対ってことは無いから……！

「とにかく！　まずは状況整理からよ！　何でこんなことになったのかを理解しないと始まらないわ！　イザベラ！　『劇団』から報告は上がってない!?」

「なにぶん全てが急に決まった話なので、未《いま》だに劇団員も情報を掴《つか》みかねておりますが……どうやら、今回の話はリラトゥ陛下主導で進んでいたようです」

「十分よ！　そのまま聞かせて！」

流石《さすが》、我が一流の劇団員。条約が定まってからの僅かな時間で、ある程度の情報は集めてこられたようだ。

……よし、落ち着いた。

イザベラが懐から取り出した報告書を読み上げるのを、椅子に座って傾聴する。

「……和平条約そのものは、かなり王国へ譲歩されたものになっています。多額の賠償金に、帝国主導で未開拓領域の排除。更に、リラトゥ陛下秘蔵の魔物兵団をテイム契約ごと譲渡していただけると。そして、その交換条件として求められたのが、姫様。貴女の降嫁および帝国への移住です」

「……理由は？　リラトゥが、そこまでして私を求める理由が分からないわよ」

コメカミをトントンと叩《たた》きながら、頭を回転させる。

私は庶子だ。国内での評判も悪い。王族に連なる一員ではあるが、それ以外で利用価値があるとは思えなかった。

「私の推測になりますが……リラトゥ陛下は、今回の戦争を〝負け〟だと考えておられるのではないでしょうか」

「え？　何でよ、どう考えても逆じゃないの？　うちの軍はボロボロで、次に攻められたら滅亡確定ってくらい崖っぷちだったのに……」

「滅ぼしきれなかったことが問題なのです。王国をあれだけ追い詰めてなお、リラトゥ陛下はクライヒハルト卿《きょう》を殺せなかった。軍や人は、時を置けばまた元に戻るでしょう。しかし、英雄は。クライヒハルト卿とリラトゥ陛下の力関係は、この先一生覆りません」

「あ……！」

言われてみれば、たしかにそのとおりだ。

クライヒハルトは、既に王国がズタボロの状況からでも盤面をイーブンに出来た。お互い万全の状態なら、次は確実にクライヒハルトが勝つ。

「確かに今回は、リラトゥ陛下の勝ちでしょう。しかし、これから先は永遠に負け続けます。

姫様も仰《おつしや》っていましたよね？　もし次の会戦が起これば王国は滅ぶが、リラトゥを討ち取れると。向こうもそれをよく理解しているからこそ、姫様を人質として求めたのでしょう」

成程。和平のための婚姻と言えば聞こえは良いが、要は人質を帝国に置くことでクライヒハルトの襲撃を抑制しようという腹か。

そう淡々と語るイザベラに対し、一つ疑問が浮かぶ。

「……いや、待って頂戴。おかしくない？」

「？」

「リラトゥの持ってる情報の量がおかしいわよ。何で他国の英雄が、うちの事情を王国貴族よりも理解してるの？　クライヒハルトが私に……まあ、執着してることも、一般的な報酬が効かないことも、私と『劇団』が広報戦略のために隠してきたことのはずでしょ？」

クライヒハルトの性癖的事情から、彼は〝完璧な英雄〟であることが求められる。そのイメージ構築に一役買ってきたのが『劇団』のはずだ。王国貴族ですら誤解しているクライヒハルト像を、なぜリラトゥが正確に把握しているのだ。

「……それは、気にかかるほどのことでしょうか？　愚昧な王国貴族でさえ、クライヒハルト卿が姫様を敬愛していることは理解しています。……彼らの場合はそこ止まりで、クライヒハルト卿はより多くの忠義を王国へ捧《ささ》げていると勘違いしているから話がおかしくなっているのですが」

「いや……まあ、確かにそうだけど……」

「クライヒハルト卿は無欲の英雄としても有名です。彼を縛り付ける手段として、姫様を求めるのは的を射ていると思いますが……」

「うーん……」

まあ、理屈は通ってるか……。

「マリー殿下……」

「なに、クライヒハルト？　何か考えがあるなら言ってちょうだい」

「①寝取り男を殺す　②王国貴族を殺す　③リラトゥのクソガキをブチブチにブチ殺すの三択から選んでください……」

「やっぱり少し黙っててもらっていいかしら？」

史上最悪の三択だわ。

「マリー殿下……ずでないでぐださい……」

「ちょっと貴方、泣いてるの？　捨てないわよ、大事な犬なんだから……ほら、よしよし」

……」

ハンカチでクライヒハルトの顔を拭いてあげながら、リラトゥにしてやられたことに歯噛《はが》みする。

無理矢理人質に仕立て上げられそうになっていることもさることながら、問題の本質は〝クライヒハルトと王国の関係が悪化した〟ことである。このマゾは性欲100％で動いている、大切な物など王国に無いのだ。

私……はまあ、自惚《うぬぼ》れでなければそこそこ執着されていると思っているが……それにしたって、今回の婚約騒動でどうなるか分かったものではない。

どこまで計算の内かは知らないが、とことん厄介なことをしてくれた。

「……しかし、姫様」

クライヒハルトの面倒を見ていると、不意にイザベラが真面目な顔をしてそう言った。

「どしたの、イザベラ？」

「当然のように話が〝婚約を破棄する〟方向に進んでいますが……別に、そのまま帝国に行ってしまっても良いのではありませんか」

「ヱッッッッッッッッッ」

足元でクライヒハルトが潰れたカエルのような鳴き声を上げる。

「はいはい、落ち着いて……どうしたのよイザベラ、妙なこと言わないで頂戴」

「私は本気ですとも、マリー殿下。なにもヴェスパー何某と結婚しろとは言っていません。クライヒハルトと共に、帝国に渡れば宜《よろ》しいでしょう」

「……だから、あのね？　そんなことしたら王国が滅亡しちゃうでしょって話を……」

「滅びれば良いではありませんか、こんな国」

「…………………。」

その言葉には、反射的に否定するには余りに多くの情念が籠っていて。

一瞬、私は押し黙ってしまった。

「王国が姫様に、一体何をしてくれましたか？　庶子として虐げ、冷遇し、近衛《このえ》の一人も与えず……姫様が身を粉にして国に尽くしているにもかかわらず、それに対する返礼がこれですか。どこまで人をコケにすれば気が済むのか、理解できません」

「イザベラ……」

「帝国がお嫌であれば、法国でも商国でも構いません。私たち劇団もお供いたします。何故《なぜ》こちらを虐げるばかりの国を、後生大事に扱う必要があるのですか。どうか、お考えを……」

そう言って頭を下げる彼女を、静かに見つめる。

イザベラは、私が幼いころからの付き合いだ。元々暗殺を生業《なりわい》とする一族の中で排斥されていた彼女は、同じく嫌われ者だった私と何故か馬が合った。いつも静かに付き従ってくれた彼女は、常に冷静で落ち着いているように見えたが……長年の苦境の中で、溜《た》まる物は溜まっていたのだろう。

「……まず、ごめんなさい。貴女の想《おも》いに気付いてあげられていなかったわね。それと、有難う。私を心配してくれて」

実際。

私とて、今回の王国の手際の悪さには思う所もある。クライヒハルトの忠誠心を過信しすぎだ。リラトゥの覇気に怯《おび》えたのか、それとも別の思惑があったのかは知らないが、そもそも当事者である私に話を通さず政略結婚を決めるとはどういう段取りの悪さをしているのだ。

私という駒を、もっと有効に使え。

国のためになるなら、誰とだって何とだって笑顔で結婚してやる。それをこうまでグダグダな駒運びを見せられては、腹も立ってくるというものだろう。

「でもね、イザベラ。王国から逃げて、どこか他の所へ行ったとして……それで、どうなるの？生活はきっと苦しくなるわよ。劇団も運営できなくなる。王国が綺麗《きれい》さっぱり滅んだ後、気が変わったリラトゥに殺されるかもしれない。商国の全身武器庫に手駒にされるかもしれない。想定できるリスクは数限りないわ」

基本的に、私は何の戦闘能力も無い小娘だ。そんな私にクライヒハルトがくっついている以上、利用しようとする勢力は後を絶たないだろう。

そして私に、クライヒハルトを手放すつもりは無い。目に見えた火種だ。

「王国から逃げた所で、何にも状況は良くならないのよ」

「しかし、それでは姫様は……！」

そう詰め寄るイザベラを、手で制して言う。……今は亡き、お母様。見ていてね、私がちゃんとやれるって所を。

「――――だから、戦って勝つの」

王国のカス貴族共にも、イカレ人喰《ひとく》いのリラトゥにも。

自分の意志を通すならば、戦って勝ち取るしかないのだ。

――――そして、その為《ため》の切り札《ジョーカー》は既に私の手にある。

「……ねぇ、クライヒハルト？」

足元に侍《はべ》るクライヒハルトの顎を細い指先で持ち上げ、優しく問いかける。

「貴方に上げるご褒美、まだ決めていなかったわよね。三つ上げるって、ちゃんと約束したのに」

「ワン？」

人語を喋《しゃべ》れや。

「三つ分以上のご褒美、考えたんだけど……貴方が、これで喜んでくれるか分からないの」

この話に、クライヒハルトが頷《うなず》いてくれるかどうか。それ次第で、私のこれからの方針は決まる。

王国最高の英雄、クライヒハルト。この全ての騒動の結末は、彼の意思一つで決まるのだ。

「嫌だったり、気に入らなかったりしたらちゃんと言ってね？　そうしたら私も、別のを考えてあげるから……」

そして。

私の提案に、彼は満面の笑みで頷き。

クライヒハルトの有する〝異能〟。前戦争以来振るう機会の無かったそれの完全解放が、決定されたのだった。

第八話　怪物の腹の内

リラトゥ帝国初代皇帝、リリカ・リリラト・リラトゥ。

出自不明のクライヒハルトと違い、彼女の経歴ははっきりと分かっている。

邪教として法国から追われた、とある宗教家の一族の末裔《まつえい》。それがリラトゥだ。

彼らの宗教観念において、食人は尊ぶべきものだった。

死んだ家族を食べ、親しい友人を食べ、死に別れた恋人を食らう。相手の身体《からだ》の一部を取り込むことは、相手の魂を自らに宿すことにつながる。そのままだと消えてしまう彼らの魂を、現世に繋《つな》ぎ止めることができる。彼らは本気でそう考えていた。食べることで、そのものの力を自身に取り込む。リラトゥの異能の根幹は、恐らくこの教義から来ているのだろう。

その宗教の規模自体は、全く大したものでは無かった。前時代の大飢饉《だいききん》による食人を発端とした歴史の浅い教え。法国から追い出され、他国にも拒まれ、彼らは静かに消えていくはずだった。

歯車が狂ったとすれば。

教主の妻が、リラトゥを産んだ瞬間だろう。

リラトゥの怪物性を一言で表すならば『共感性の欠如』と言える。

善悪の区別がつかない。相手の気持ちを理解できない。『こうすれば喜ぶ』『ああすれば悲しむ』という感情の法則だけを学んで、中身を一切理解していない。社会性を身に付けることが出来なかったバケモノ。

彼らは悪人ではなかった。だが、愚かだった。

そんな怪物が産まれてしまった時点で、彼らの命運は決まっていた。

数年後、彼らは一人残らずリラトゥの腹の中におさまった。人を食べることを学習した怪物だけを、野放図に放り出して。

その後のことは、最早《もはや》この国の民なら誰でも知っている。

法国を敵視していた帝国の皇族が、法国に追い出された邪教の末裔であるリラトゥに目を付けて。取り込もうとして、失敗し。

怪物はついに、国一つを喰《く》い尽くしたのだった。


どうも。

人生いつもギリギリ崖っぷち、マリー第二王女である。

クライヒハルトの飼い主を務めている私だが、実際のパワーバランスはどう考えてもクライヒハルト対私で10－0だ。いくら何でも猛犬すぎる。

国一つを丸々救った対価として、大した良血でもない女一人。あからさまに釣り合っていないし、しかもソイツに虐《いじ》められるのが報酬となるともはや天秤《てんびん》がねじれてよく分からなくなってくる。

果たして首輪をつけているのかつけられているのか、全くもって意味不明である私とクライヒハルトの主従関係。これが今まで上手《うま》く行ってきたのは、お互いに敬意を払っていたからだ。クライヒハルトは意外なほどにこちらを立ててくれたし、私も可能な限りクライヒハルトのために動いた。どちらが主人かも分からないこの歪《いびつ》な関係を続けるために、それぞれがお互いに努力をしたのだ。

クライヒハルトの力は圧倒的だ。王国は栄えるだろう。民は富むだろう。未《いま》だ竜や巨人が蔓延《はびこ》る未開拓領域を越えて、人の住む土地は広がっていくだろう。金銭に換算すれば天文学的な額になるであろう利益。既に私には、一生かかっても返し切れないほどの恩がクライヒハルトにあるのだ。

そう、恩だ。

私は、クライヒハルトに助けてもらった人間だから。この身で叶《かな》う限り、彼の助けになってやりたい。

「こんにちは。会えて嬉《うれ》しいな、マリー殿下」

「……ええ。こちらこそ、会えて光栄ですわ」

――たとえそれが、食人鬼《リラトゥ》の前にこの身を晒《さら》すことであっても。

王都から少し離れた郊外の屋敷で、私とリラトゥは向かい合って座っていた。

イザベラもクライヒハルトもこの部屋にはいない、正真正銘の二人きり。

帝国はリラトゥの物だ。国全てが、リラトゥの意思のままに動かされる。リラトゥを相手にするということは、帝国全てと相対することだ。そしてだからこそ、私はわざわざ危険に身を晒してまでリラトゥと面会しなくてはならなかった。

私と帝国軍人の政略結婚。それを、何としても阻止しなければならない。

「季節のご挨拶とか、世間話とかは要らないよ。そういうのは、〝仲良くしたい人〞にだけやるものだから」

「へえ……それはどうも。話が早くてありがたいわ」

リラトゥは規格外の英雄だ。過去現在全ての英雄において、彼女ほど物量に優れた英雄はいない。英雄の中でも一握りの、国を造ることが出来る特別な存在。帝国を背負って立つ、周囲を威圧する英雄の覇気が叩《たた》きつけられる。

……だが。クライヒハルトよりは、大したことも無い。

「でも、私はそういう話がしたいのよ。貴女《あなた》の話が聞きたいわ」

「……へえ。わたしの話？」

「ええ。貴女が何を考えて、何をしようとしているのか。それを教えて欲しいのよ」

リラトゥは帝国そのものだ。彼女の動きを知ることが、そのまま帝国の動きを知ることに繋がる。

この騒動を収束させる為《ため》にも、リラトゥの狙いは真っ先に把握しておかなければならない。

「うーん……クライヒハルトには、もう言ったんだけど。聞いてないの？」

「貴女の口から聞きたいの」

「そう。じゃあ言うけど、クライヒハルトが食べたいの」

……本当に。本当に、何でもないことのように話す。

つくづく、今の帝国は地獄だろうなと思う。これを、あろうことか自らの主《あるじ》として迎え入れなければならないのだから。

「クライヒハルトを食べたい。全部食べたいの。全部食べてドロドロにして、わたしの子どもとして産んであげたいの。大きくなったお腹《なか》を見て、優しく撫《な》でてあげたいの」

「…………」

「食べてもらうのも良いな。食べられたわたしが産まれ直せるかは分からないけど、きっと出来ると思うんだ。クライヒハルトに産んでもらって、パパになってもらうのもとっても楽しそう。クライヒハルトのお腹の中で、栄養を貰《もら》いながらぐっすり眠るの」

朗々と語るリラトゥの眼《め》は、狂気に満ちて爛々《らんらん》と輝いていた。

それを見ながら、私は少しずつ確信を深めていく。

やはり、リラトゥの食人に対する意識が少し変わっている。ただ自分の腹を満たす為ではない。明らかに、クライヒハルトを特別視している。それはひょっとすると、この怪物にとって初めての執着になるのかもしれない。

「産んで、産まれて……そういう、ドロドロでグチャグチャな関係になりたいの。パパのクライヒハルトをわたしの子供にしたい。ママってどんなことすればいいか分からないけど、沢山可愛《かわい》がってあげたい。娘ってどんなことすればいいか知らないけど、沢山甘えてみたいの」

……リラトゥの両親は、確か邪教の教主とその妻だったか。とてもじゃないが家族愛に満ちた家庭になるとは思えない。事実、彼ら二人は娘に喰われた訳だし。

語り終えたリラトゥは、そこでやっと一息をついた。

「……それで。わざわざ王国に来て、私の婚約を取り付けたのはどうして？」

「クライヒハルトと仲良くするには、まず王国の人たちと仲良くしないとダメなんでしょ？ 政略結婚をして、帝国と和平を結びたい。第二王女の扱いに困っている。王国の困りごとを、一気に解決してあげたの」

なるほど。確かに、もっともらしく聞こえる。

相も変わらず無表情のリラトゥからは、何の感情の機微も読み取れない。

だが。

「……それ、嘘《うそ》よね」

そう、強く言い切った。リラトゥと目が合う。昆虫の複眼めいた、無機質な眼。しかしそこから確かに、僅かな私への敵意を感じ取ることが出来た。

「嘘？」

「貴女が言ったのは表向きの理由でしょ。王国貴族を騙《だま》すための方便じゃなくて、本当のことを聞かせて欲しいの」

「ふうん……確信してるね。何で分かったのかな。そういう異能かな？」

リラトゥがそう、ぶつぶつと呟《つぶや》く。異能ではない。イザベラたちの献身と……敵だらけの王宮でビクビクと怯《おび》えていた、過去の私の経験が実を結んだ結果だ。

「でも。たとえ、嘘だったとして。それ、貴女に話す必要ある？」

「あるに決まってるでしょ。当事者よ私」

「そうかな。貴女が当事者だったことなんて、今まであるのかな」

リラトゥが、僅かに眼を細める。

座っている椅子が突然針に変わったような、ビリビリと肌を刺す敵意。

「産まれた時に、お母さんを殺したこと。それくらいじゃないの？　貴女が自分から何かしたことって。それからはずっと、お父さんにもお父さんの部下にも嫌われて。ずっと国の言いなり。せっかく落ちこぼれを集めて作った組織も、お兄さんに召し上げられそうになって。ずっと利用されるだけ。捨てられないように、国のために尽くすだけのお人形じゃないの？」

「……王国について、随分詳しいのね」

「調べたから。国の役に立てるなら本望でしょう？　王国は栄えるよ。民はみんな喜ぶよ。わたしが、そうしてあげるから。それで良いよね？　王国に有利な条件で和平も呑《の》んであげる。お金も払うし、土地もあげる。魔物も沢山貸し出してあげる。便利だよ？　巨人が積み木遊びするみたいに、土木作業も簡単に片付けてくれるもん。嬉しいでしょ？　国の役に立てるんだもん。みんな幸せになるよね？　――――だから代わりに、クライヒハルトを頂戴」

そう言って、リラトゥは私を睨《にら》みつけた。

はっきりと分かる。リラトゥは私を憎んでいる。私に――――恐らくだが、嫉妬しているのだ。

この怪物にとっても、初めての激情だろう。彼女自身、それを持て余しているようにも見えた。

「本当の理由、教えてあげようか？」

「……あら、急に心変わりしたのね」

「うん。よく考えたら、ちょっと予定が早まるだけだって分かったから」

ゆらりと、リラトゥが立ち上がる。

「貴女に、帝国に来て欲しかったの。クライヒハルトの目が届かない場所まで。そこでなら、貴女に何をしてもバレないから。何をしても……例えば、殺してしまっても」

「――――貴女、」

「わたしの能力、知ってるよね？　わたしが食べた人は、みんなわたしの力になるの。わたしの中で生き続けるの。それが、食べるって言うことなの」

リラトゥが発する鬼気に反応し、私も反射的に立ち上がる。近づいてくるリラトゥに、咄嗟《とっさ》に構えようとして――――。

「クライヒハルトが好きな貴女を真似て。わたしも、クライヒハルトと仲良くなるの」

食人行為の中には。

〝敵を体内に取り込む〟ことで、相手を超越したとする意図をもって行われるものも存在する。

――ぞぶり。

背後から生えてきた剣が、私を刺し貫いた。

「ヴェスパー・ガルドロックは、わたしのとびっきり一番お気に入りの〝魔物〟。蜂の魔物がベースだから、ヴェスパー《スズメバチ》。ガルドロックはわたしの生まれ故郷。語感が良いように、一杯考えて付けたの」

背後に、甲冑《かっちゅう》姿の男が立っている。ヴェスパー・ガルドロック。魔物を混ぜ合わせて産み直す、リラトゥの異能。透明化してずっと潜んでいたのか。

――帝国軍は、一人残らず解体されている。その真の意味が、ようやく理解できた。

ゆっくりと、ヴェスパーが甲冑を外す。

ギョロギョロと蠢《うごめ》く複眼。不揃《ふぞろ》いに牙の生えた口元。人の形を真似《まね》ただけの、異形の怪物がそこに立っていた。

そして、何より一番驚いたのは。

「……クライヒ、ハルト……?」

その怪物の貌《かお》が。

クライヒハルトのそれと、恐ろしく似通っていたことだった。

倒れ臥《ふ》すマリー・アストリアを見て、リラトゥはほっと一息をつく。

クライヒハルトがいる以上、王国内の蛮行は常に失敗のリスクが付き纏《まと》う。それが上手く行ったことは、リラトゥにとって望外の喜びだった。

「〝相互確証破壊〟……って、クライヒハルトは言っていたけど。それを過信するとこうなるの」

リラトゥは、いつでも王国を滅ぼすことが出来る。そして同時にクライヒハルトも、いつでもリラトゥを弑《しい》することが出来る。一撃で相手を殺しうる両者がこのような膠着《こうちゃく》状態に陥ることを、あの英雄は相互確証破壊と呼んでいたが。

リラトゥにはよく分からない、進歩的な概念だ。だが別にそれにしたって、先に手を出された方が死ぬことには変わりが無いだろうに。

「ヴェスパー。よく頑張ったね」

血の付いた剣を拭って鞘《さや》に納める自らの魔物を見て、リラトゥは僅かに微笑《ほほえ》む。リラトゥにとって、この魔物は特別だった。

彼には、クライヒハルトの血が使われているからだ。

前回の大戦で。リラトゥは、クライヒハルトに散々に敗北した。ありとあらゆる手勢は砕かれ、リラトゥの繰り出す全ての魔物は彼に歯が立たなかった。リラトゥは瀕死《ひんし》の重傷を負って撤退に追い込まれ、クライヒハルトはかすり傷程度しか負わなかった。

そう。

かすり傷なら、出来ていたのだ。自らの武器に付着した僅かな血を、リラトゥは宝石を扱うように丁寧に、一滴残らず舐《な》めとった。人一人を形作るには到底足りない彼の血を胎内で丁重に保存し、自らの思う最強の魔物と掛け合わせ、配合に配合を重ねて創り上げたのがこのヴェスパー・ガルドロックだ。その思い入れはかなりの物だった。低級の魔法防護しか有さないマリーを刺し貫くことが出来たのも、当然のことだろう。

「ありがとう。よく頑張ったね。クライヒハルトと戦う時も、また頑張ってね」

クライヒハルトがここからどう動くのか、リラトゥには予測がつかない。

彼が一番好きだったマリーはもう死んだのだから、その次に彼女に似ている自分と仲良くしてくれるとは思うのだが。

もしかするとマリーを殺された怒りの方が上回って、最初は戦いになるかもしれない。彼を落ち着かせて、自分の価値を理解してもらう為にも、ヴェスパーにはもうひと頑張りしてもらう必要があった。

「クライヒハルト……」

その名前を呼ぶだけで、胸に甘い疼《うず》きが走る。リラトゥには、これが何なのかは理解できない。ただ、そうすると心地いいことだけは分かっている。

怪物は、初恋をしていた。

ヴェスパーの顔を優しく撫でて、倒れ臥すマリーに目を向ける。

「………もう、聞こえても無いだろうけど。礼儀を守ってこそ、食人は美味《おい》しいから」

静かに、リラトゥはマリーの足元に跪《ひざまず》いて。

ゆっくりと両手を合わせてこう言った。

「いただきます」

「――――残念だけど、まだ〝おあずけ〟よ」

伸ばした手が摑《つか》まれる。英雄であるリラトゥを止められるほどの、途轍《とてつ》もない剛力。

それを為したのは。

「……マリー・アストリア……！」

「ふぅ……痛《い》ったいわね、ほんとに……！」

確かに貫いたはずの傷口が、ジュクジュクと音を立てて再生していく。数秒後には、元通りの傷一つない柔肌がそこにはあった。常識外れの再生力。そして剛力。それはまるで、英雄のような――――。

　そして、リラトゥが状況を把握するよりも早く。

「――――テメェ、マジで死んだぞゴルァア！！！」

　轟音《ごうおん》と共に壁を突き破って、クライヒハルトが室内に突入する。

「――――ギアァアッ！」

「あ？　何だテメェ、邪魔すんなや!!」

　主人の危機に、ヴェスパーが機敏に動く。クライヒハルトの眼前に立ち、彼を押し留《とど》める。

「――――ッ、ヴェスパー!!」

「雑魚が……さっさと、退《ど》け!!」

　チンピラのような言動と共に、クライヒハルトの前蹴りがヴェスパーを室外へと吹き飛ばす。

「で？　テメェは何してんだよリラトゥ。そんなに殺されてぇなら素直に言えよな」

「……クライヒハルト。今は、会いたくなかったかな」

「へー。妙な遺言だな」

　リラトゥへ歩み寄るクライヒハルトに、外から風切音が響く。

　ガキィン!!　と音を立てて、クライヒハルトのこめかみに剣が激突した。およそ人体と金属が衝突したとは思えない轟音。室外へ蹴りだされたヴェスパーが、剣を投擲《とうてき》したのだ。

「チッ……」

「クライヒハルト。ヴェスパーを追いなさい」

「え。でも、そしたらリラトゥは……」

「大丈夫……こっちは、私が何とかするから」

クライヒハルトは、一瞬の逡巡《しゅんじゅん》を見せた後。

主人の命令に従い、二階の窓からヴェスパーを追って飛び降りた。

残されたリラトゥとマリーは、暴風クライヒハルトによって荒らされた部屋の中で静かに対峙《たいじ》する。

「……何で、死んでないの？」

「あら。それ、貴女に言う必要ある？　……なんて、冗談よ。貴女とはまだまだ、話したいことが沢山あるの」

リラトゥ帝国初代皇帝、リリカ・リリラト・リラトゥ。

シグルド王国第二王女、マリー・アストリア。

「ギィイ……グギャ、ギャァアアアアッ！！！！」

「人語を喋《しやべ》れやカスが……まあいい、すぐにサイコロステーキにしてやるよ」

帝国最強の魔物、ヴェスパー・ガルドロック。

王国最強の英雄、クライヒハルト。

二国の運命を決定づける一戦は、このようにして幕が上がった。

第九話　【対話】

人類の外れ値、【英雄】。人智《じんち》を超えた力と【異能】で、道理を踏みにじる理不尽の具現。脆弱《ぜいじやく》種族である人類の中で、唯一龍や魔族に対抗できる覇者。彼らに対抗できる者など、【英雄】以外に存在しない。それが英雄のはずだ。

では、この状況はどういうことだ？　リラトゥは思わずそう脳内で呟《つぶや》く。

「ア、ァアアアアアアアア!!」

「ッ……なんて、覇気……！」

大地が爆《は》ぜる。大気が震える。

リラトゥとマリーが拳を振るうたびに、周囲がグズグズのゼラチンのように崩れていく。

この世界に、英雄以上に硬い物など存在しない。彼らが己の武を比べ合うということは、そっくりそのまま周囲を完膚なきまでに破壊することに繋《つな》がる。

英雄が相争うには余りにも狭い応接室を抜け、二人の戦場は開《ひら》けた外へと移り変わっていた。

「【餓食礼餐《ウイッチ・リラトウ》】――〝幻惑百狐《げんわくびやっこ》〟、〝空気蛹《くうきさなぎ》〟」

虚空が湧きたち、リラトゥの使役する僕《しもべ》が溢《あふ》れ出す。

異能、【餓食礼餐《ウイッチ・リラトウ》】。食べた魔物を胎内で改造し、無尽蔵に吐き出す能力。その強みは、圧倒的な手数と対応力。多種多様な魔物の能力を自由に引き出し、どんな状況にも、どんな異能にも対策札《メタ》が取れる能力。

北部に生息し、光の屈折率を操作することで幻覚を見せる狐《きつね》。大気の中に潜み、呼吸を通じて生物に寄生する蛹。リラトゥのお気に入りでもあり、凶悪な能力を持つ二匹がそれぞれ空中のマリーへ襲い掛かり――――。

「――おぉ、りゃぁあ!!」

拳一発で、粉々に砕かれる。

「…………意味が、分からない……!!」

理不尽が服を着て歩いているような、自分を凌駕《りようが》するほどの膂力《りよりよく》。肌に傷一つすらつかない、馬鹿げた防御力。先刻《さつき》腹部を貫いたはずの傷が、今や何処《どこ》にも見当たらない程の再生力。

「(体捌《たいさば》きは素人。技術もてんでダメ。フェイントには全部引っ掛かるし、攻撃にビビって眼《め》を瞑《つぶ》る時点でお話にならない。なのに……)」

なのに、勝てない。

戦ったことも無い、乙女の柔肌。小枝のように細い手足。鍛えられていない筋肉。そんな彼女に、先ほどから自分の僕は叩《たた》き潰され続けている。

「【餓食礼餐《ウイッチ・リラトウ》】――――〝宝石鑑定蟲《ほうせきかんていちゅう》〟」

地中に潜み、魔力を有する希少鉱物のみを選んで食する昆虫。その眼を通して、マリーを冷静に見つめる。

結果は変わらない。貧弱な手足に不釣り合いな、異常な出力。それでいて、過剰な出力に肉体が傷ついていると言ったことも無い。条理に合わない、無茶苦茶な現実。

「…………異能」

現実を破壊する、英雄が持つ異様な能力。今の彼女を説明するには、それしか考えられない。

「実は貴女《あなた》も、英雄だった……訳、無いよね」

「そりゃそうよ。英雄なら、最初に身体《からだ》刺されちゃったりしないでしょ」

人肉を好むリラトゥの審美眼は一流の物だ。彼女は徹頭徹尾、ただの少女でしかない。

では、他には何が考えられる？

王国が別の英雄を抱えていた？　商国からの武器貸与？　それとも法国か？　在野に、自分の知らない英雄が眠っていた？

一国を回すリラトゥの頭脳が、思索の果てに一つの可能性を思い浮かべる。

「――――クライヒハルトの、異能は」

そのあまりの有り得なさに、つい口をつぐみそうになる。

クライヒハルトの異能は、単純な《自己強化》系だと認識されている。

神が宿っているとしか思えない、黄金の肉体。それがクライヒハルトの異能であり、正面戦闘においては無敵。それが実際にクライヒハルトと戦ったリラトゥや、彼を血眼になって調査した他国の結論だった。と言うか、そうでなければあの膂力は説明がつかない。

だが、そうではないとすれば。

元々、確証を得ていた訳ではない。そして今のこの光景は、異能の関与無しには有り得ない。

「勘が良いのね。そう、それが正解よ」

やはり。クライヒハルトの能力は、単なる自己強化では無かった。推測するに、他者へ関与する強化バフ系の能力。自分を中心に、規格外の強化能力を伝播《でんぱ》させるような——。

「クライヒハルトの異能はね。『自分の力を、主人と思った相手に捧《ささ》げる』こと。自己強化系の真逆……かつて発現した者は誰もいないであろう、前代未聞の自己弱体化の異能よ」

「…………は？」

一瞬、思考が停止する。

ありえない……というか、聞いたことが無い。

意味の分からない、異様な能力。そんな物が異能と呼べるのか。それはむしろ呪いではないのか。様々な思考が、リラトゥの脳裏を巡る。

「……なに、それ？」

「聞いた通りよ。筋力とか、防御力とか、俊敏性とか……彼のありとあらゆる力を、彼の主《あるじ》は好き勝手に受け取れるの。オンオフも強弱も自由で、異能の主導権も主《あるじ》の方にあるわ。だから正確に言えば、『〝自分の力を奪う能力〟を相手に発現させる能力』……とでも言えばいいのかしらね。ややこしいけど」

……意味不明だ。

何の役に立つのだ、そんな能力が。

目の前の少女マリーを見つめる。ピクリとも食指の動かない、貧弱な肉。

常軌を逸する英雄の力を振るってもなお、彼女の手足には傷一つ付いていない。反動で発生するダメージからも、クライヒハルトの異能が保護しているのだろう。ただの少女を、帝国最強の英雄である己と渡り合えるまでに強化する。それも、相手には何の代償も無しに。一体どれ程の出力があればそんなことが可能なのか、リラトゥには想像もつかなかった。

そして。

そんな異能を発現するに至った、クライヒハルトの心情も。

「【英隷君主《ディバインライト》・排出形態《イグゾーストシフト》】。さっきは発動してなかったから痛い目にあっちゃったけど、もう負けないわよ」

「……ムカつく……やっぱり、貴女は嫌い……！」

リラトゥの異能の根幹は、〝捕食〟だ。

彼女に喰《く》われた時点で、それは彼女の物になる。

「【餓食礼餐《ウイッチ・リラトウ》】――混合《キメラ》！　〝魔女の腐り斧《セレノスツール》〟！」

そのまま呼び出すも、混ぜ合わせて強化するも彼女の自由自在。

他者強化系の能力を持つ魔物を複数混ぜ合わせて出来た、骨の巨斧《きょふ》。それを呼び出し、身体能力を底上げして距離を詰める。

「グッ……！」

「【餓食礼餐《ウイッチ・リラトウ》・混合《キメラ》】――〝海鳴き巨人〟！　〝滴《したた》り孵卵器《ふらんき》〟！」

背後から吼《ほ》える、鯨の頭をした漆黒の巨人。粘液を垂れ流しながら蟲《むし》を産み続ける女王蟻《じょおうあり》。

子供がグチャグチャに描いた空想のような、積み木で出来た玩具《おもちゃ》のような、不出来な造形。歪《いびつ》な怪物と共に、眼の前の英雄もどきへ斧《おの》を振るう。

今は兎《と》に角《かく》、眼の前の彼女が許せない。

マリー・アストリアが、憎くて仕方が無い。

王国との和平も、面倒な交渉も。全て、彼女に出会う為《ため》だった。

彼女を殺すために、今までの策略の全てはあった。

「え……ええーい!!」

子供のようなヘロヘロのパンチと共に、暴風が吹き荒れる。

産みだした魔物もリラトゥも、諸共《もろとも》に吹き飛ばされる。

まだだ。まだ、自分は全てをぶつけられていない。

【餓食礼餐《ウイッチ・リラトウ》・混合《キメラ》】――〝轢殺金魚《れきさつきんぎょ》〟！ 〝氷雪竜人《ひょうせつりゅうじん》〟！ 〝星化妖精《せいかようせい》〟！」

新たに、複数の魔物を産み出す。

空を泳ぐ金魚。無理矢理に竜の頭を載せた人間の死体。魔臓を摘出した、自爆することしか出来ない妖精。

「やぁあ――っ！」

それらすべてが、ただの拳の一振りで倒される。

「――なんで」

呟く。

リラトゥの中で、食べることは取り込むことだ。

相手を取り込み、自らの物にする。そこには当然、対象への深い理解が伴う。異能を行使したリラトゥは、食べた者の経歴や能力《スペック》のみならず、相手の性格や心情を読み取ることすら出来る。リラトゥの親が、そう言っていたから。だからリラトゥも、そう出来るのだ。

「なんで」

だから。

あの戦争で手に入れた、クライヒハルトの血。それを手に入れた彼女は、クライヒハルトの想《おも》いを理解してしまっているのだ。一部分ゆえにほんの僅かしか読み取れなかったが、それでも――。

「……なんであなたは、そんなにも愛されてるの！」

マリー・アストリアが。

クライヒハルトに痛いほど愛されていることだけは、何とか読み取れたのだ。

「……貴女、泣いてるの……？」

「ずるいよ……クライヒハルトの血は、あなたへの想いで一杯だった！　マリー様にお仕えするのが楽しくて仕方が無いって！　マリー様のことが大好きだって！　そう言ってた！」

想いの丈を明かすように、そう叫ぶ。

何の訓練も積んでいない小娘を、英雄へ押し上げるほどの愛。それを眼前に見せつけられることは、リラトゥにとって何よりの苦痛だった。

「ずるい、ずるい、ずるい……!!　わたしの方が、クライヒハルトを好きなのに！」

「ッ……！　【英隷君主《ディバインライト》・防御形態《ディフェンシブシフト》】！」

斧を振るう。怪物を吐き出す。マリーの振るう腰の入っていない拳に押されながらも、懸命に食らいつく。

「わたしも、クライヒハルトに愛されたい！　家族が欲しいの！」

リラトゥにとって、家族は自分を食べようとしてくる者だった。

英雄として産まれた、特別な自分。それを取り込むことで、自分も英雄になろうとした両親。英雄の肌に歯が入るわけも無いのに、必死に赤子である自分の腕にむしゃぶりつく両親を見て、リラトゥは人の愛し方を学習した。

食べることは、愛することだ。食べることはよいことだ。英雄である自分は、教主の子である自分は、人々を愛さなければならない。だから、食べる。嫌われている魔物も、罪人も、リラトゥはみな慈しんで喰らう。それが、正しい愛し方なのだ。リラトゥはそう学習していた。

だけど。

初めて、クライヒハルトに出会ってから。

この人が自分の家族だったらどれほど幸せだろうと考えてしまった時から、リラトゥは少しおかしくなった。人を喰うだけの怪物が、何かを生み出したくなった。あるいはそれは、怪物にとって初めて人間性が芽生えた時だったのかもしれない。

そしてその人間性ゆえに、リラトゥはマリー・アストリアの殺害を決心した。クライヒハルトの血には、マリーへの愛情が確かにあった。リラトゥにとっては未知である性欲のギトギトした味の奥に、彼女を大切に思う、温かい愛情の味が確かにあったのだ。

だからこそ、何としてもマリー・アストリアを殺さなければならない。怪物である自分にとって、手に入れるということは奪うことだから。

「【餓食礼餐《ウイッチ・リラトゥ》】――――再誕《リビルド》！」

自らへ魔物の因子を組み込む、裏技じみた異能の使い道。

リラトゥの異能は、クライヒハルトと出会った時から成長し続けている。これも、やったことは無いが出来ると確信していた。

より動きを捉えるために、昆虫の複眼を。より強い筋力のために、巨人の筋線維を。獲物へ喰らいつくための牙、音を逃がさない獣の耳。痛みと共に、自らの身体が造り変わっていくのを感じる。

怖くはない。恋とは〝変わることを恐れないもの〟だと、何処かで聞いたことがあるから。

「……随分、可愛《かわい》らしい顔になったじゃない？　ヴェスパー何某《なにがし》とよくお似合いよ」

「ありがとう……貴女も、もっと素敵にしてあげる」

強化された肉体で、つぎはぎの斧を振るう。

いまだ、マリーの肉体には傷一つ付かない。クライヒハルトの異能が、彼女を護《まも》っているのだ。腹が立つ、が、もはや構わない。彼女を喰い、その在り方を学習し、クライヒハルトに愛される自分になる。今の自分は、ただその為だけの命でいい。

「――――――！」

フルスイングした斧が、マリーの身体を捉える。刃は食い込まなかったが、そのまま力一杯振り抜いて彼女を吹き飛ばす。

彼女の肉体が、真にクライヒハルトと同質の物であるなら。

窒息死や毒物といった搦《から》め手《て》は、何の役にも立たないだろう。英雄とは、そういう不条理な存在であるからだ。

「【餓食礼餐《ウイッチ・リラトウ》】――――複製《レプリカ》！」

自らの指を食い千切る。口内に広がる鉄の味を感じながら、胎内で異能を練り上げる。

通常の魔物では、彼女に届かない。ならば、自分ならどうだ。英雄であるリラトゥ自身をベースとした、全く新しい何かであれば――――。

「混合《キメラ》、再誕《リビルド》、複製《レプリカ》――――創造《クリエイト》！」

頭がハイになっていくのを感じる。未《いま》だかつてやったことの無い異能の使い方に、全身が弾《はじ》け飛びそうになる。

「嬉《うれ》しいな……わたし、こんなにクライヒハルトのことが好きなんだ」

喰《た》べた魔物をそのまま産み直すのではない。混ぜるのでも、自分に組み込むのでもない。誰も見たことのない、新しい命を創り出す異能。リラトゥにはそれが、クライヒハルトを好きになった証《あかし》のように思えた。

「────────ッ！」

勢いのまま跳ね起きたマリーが、リラトゥに渦巻く莫大《ばくだい》なエネルギーを察して身構える。疑いようもない。リラトゥは今、英雄として一段上の存在へ上がった。英雄への恋が、怪物を変えたのだ。

「……本当、要らないことばっかりするわね、アイツは……‼」

そう言って、マリーもまた剣を構える。

戦闘の素人である彼女は圧《お》されてばかりであったが、リラトゥに言いたいことだけは沢山あった。

こちらの事情も知らず、好き勝手に言いやがって。家族愛なんざ、私だって感じたことなんて無いわ。母親は弱った身体で私を産んだせいで死んで、父はずっと王としての顔しか見せてくれなくて。〝ずるい〟なんて言われる筋合いなんざ一つも無いぞ。あのマゾが私を随分気に入ってくれてるから、いつも何とかギリギリ綱渡り出来ているだけだ。それをお前、ヴェスパーだか何だかとの婚約話をでっち上げやがって。百回ビンタしても足りないくらいの恨みがあるんだぞこっちは。

その他諸々《もろもろ》、まだまだ言い尽くせない。

足りない。わたしにはまだ、彼女と話したいことが沢山ある。

「だから！　一回ボコって、しっかり大人しくしてもらうわよ――――！」

マリーの持つ剣へ、光が渦を巻いて集まっていく。

クライヒハルトの持つ、無尽蔵のエネルギー。それを一箇所に集めて放出する、彼女なりの必殺技。

そして。

「【英隷君主《ディバインライト》】――――【殲滅形態《アニヒレイトシフト》】!!

【餓食礼餐《ウイッチ・リラトウ》】――――反・生命論《アンチイデア》!!」

リラトゥが産み出した異形の巨人と、マリーが放った黄金の光がぶつかり。

「星が墜《お》ちてきた」と、周囲の住民は後に語ったという。

どうも。

クライヒハルトエネルギーは人体にジッサイ無害、筋肉痛もありません。

マリー・アストリアである。


「ふう……疲れた。いや疲れてはないはずなんだけど、気疲れが凄《すご》い」

あのクソマゾが一度【超貢ぎマゾ《スーパー》】と命名しそうになり、必死になって【英隷君主《デイバインライト》】へと変更させたクライヒハルトの異能。それを解放して振るった後は、こういう倦怠感《けんたいかん》に襲われる。

なんだろうな……夢の中で無敵になって好き勝手動いた後、目が覚めてみたら身体がめっちゃ重たいみたいな。そういう精神的な疲れがドッと襲ってくる。特に今回は、何年かぶりの完全解放だ。疲れた疲れた。

「……う……」

「あ、起きた」

横で倒れ臥《ふ》していたリラトゥが、僅かに身じろぎする。

「わたし、は……」

「一応言っとくと、こっちの完勝よ。貴女の巨人を完膚なきまでに吹き飛ばして、それで終わり」

「ぁ……、そっか……」

そう言って、リラトゥは大人しくへたり込む。一回負けて随分しおらしくなったわね、コイツ。一応【防御形態《ディフェンシブシフト》】は保ってるけど、本人は見る影もなくしょぼくれて見える。

「……殺さないの？」

「殺さないわよ！　何なのよその蛮族的な発想……1か0しか脳内に無いの？」

「でも、クライヒハルトが危ない……」

「はい？」

どういうこと？　と思って、すぐリラトゥが勘違いしていることに気が付く。

「あー……。私に力を捧げてるから、クライヒハルトが弱体化してるんじゃないかってこと？」

「……そう。わたしに勝てるくらいの力を貴女にあげちゃったら。クライヒハルトが、ヴェスパーに負けちゃうよ……」

だからここで殺しといた方が私《マリー》にとっては良いよねって理屈ね。クライヒハルトに負けて欲しいんだか負けて欲しくないいんだか。ファンガールの心理はよく分かんないわね。

「あのね、逆よ逆」

「…………？」

「【英隷君主《ディバインライト》】はね、力の蓄積と排出を同時には出来ないの。溜《た》めた力を私が使ってる最中、クライヒハルトは私に力を捧げられないの」

「え……じゃあ、つまり……」

「クライヒハルトは、今が一番強いのよ。戦争中貴女と戦ってるときも、ワイバーンを退治するときも、クライヒハルトはずっと私に力を捧げ続けて、弱体化した状態で戦ってたの」

ヴェスパーナントカなんて、今頃チリも残って無いわよ。そう言って乾いた笑いを浮かべる。何にも鍛えていない（美容に全振りしているのだ）私を英雄に押し上げるほどの、異常極まりない出力。それを常に外部へ放出しながら、かすり傷程度でリラトゥに完勝してみせる。つくづく、あのマゾが王国最強の英雄だということを思い知らされる。

「……なにそれ。意味わからない……」

「ねー。いやまあ、それを言い始めたら貴女の異能も私視点だと大概なんだけど……」

補給も休養も要らない、不眠不休で動く兵隊とか君主にとって理想過ぎるわ。

「クライヒハルトがこっちに来ないのは、単に私が来ないように言ったからよ。今頃ヴェスパーを粉々に解体して、森で果物でも漁《あさ》ってるんじゃないかしら」

「そんな、寝起きの熊みたいな……」

「ふふっ、確かに。良いわね、寝起きの熊」

リラトゥが意外なワードセンスを発揮したため、少し笑ってしまう。

確かに、クライヒハルトは熊っぽい所がなくもない。無駄に背が高いし。

「………………」

「ちょっと、何よ。人の顔をジッと見つめて」

「……わたしを、殺さないの？」

「だから、言ったでしょ。クライヒハルトは負けやしないって――」

「――そうじゃなくて」

リラトゥが、静かにこちらを見据える。

「わたしは、貴女を殺そうとしたのに。なのに、殺さなくていいの？」

「………」

……まあ。イザベラあたりなら、ここで積極的に殺せコールでもしていただろうな。彼女はそういう、苛烈な性格だから。

「殺さないわよ」

「なんで？」

「……まず一つ。今回、私が一分の隙も無く完勝したから。殺そうとした云々《うんぬん》以前に、貴女に私は殺せないわよ」

　不意打ちで身体を貫かれたのは、まあ……あれだ、ご愛嬌《あいきょう》というものだ。仕方が無いだろう、私は戦いに関して完全に素人なんだ。だがその傷も、今や完全に塞がっている。【英隷君主《ディバインライト》】の本質は、その圧倒的な自己防衛力だ。活性化させずとも、私の体内にはクライヒハルトに貢がれた莫大なエネルギーが眠っている。そのおかげで傷は再生するし毒物も効かないし、窒息とかさせられても何だかんだ生き残れる。不条理だとは思うけど、英雄ってそういう物だから。

「二つ目。貴女にもう、私を殺す気は無いでしょ。無理って分かったんだから」

「……うん。成長した異能でも、貴女に勝てなかったし。何より、クライヒハルトにわたしの狙いがバレちゃったから。もう、今度は今みたいな一対一もさせてくれないと思う」

「それはそうね……」

　あのマゾの心配性は常軌を逸するからな。今後リラトゥに会うとなれば、地を這《は》ってでもついてくるだろう。天井に張り付くあのマゾの姿が目に浮かぶ。

「…………」

「どうしたの？　突然キョロキョロして……」

「いえ……ちょっと怖くなって……」

　以前私の寝室に張り付いていたクライヒハルトを思い出し、つい辺りを見回してしまった。

〝暗殺者警護！　暗殺者警護です!!〟と叫びながら奴《やつ》は連れていかれたが、私はあの後しばらく背後に立たれることがトラウマになった。

「……とにかく。最後、三つ目」

「……うん」

「私が、そんなに怒ってないから。これが一番の理由よ」

結局。私のリラトゥに対する恨みと言えば、ちょっとビンタさせて欲しい程度の物だ。そんな程度で彼女を殺すなんて、全くもって天秤《てんびん》が釣り合っていない。

「……なんで？　わたし、貴女に色々……」

「まあ……確かに、貴女のせいで婚約させられたし、めちゃくちゃ焦らされたし、正体が魔物だったせいで婚約破棄になりそうだし、身体貫かれて評判的にも物理的にも傷物にされたけど……」

振り返ってみると、ビンタ百発していいくらいのことはされてるな私。

「でも、まあ……良いわよ。子供に、そこまで怒る気になれないわ」

私の持つ、異能にも満たないほんのささやかな特殊能力。

『長く話すと、その人が欲しがっている物が分かる』

彼女は、徹頭徹尾クライヒハルトのことが好きだっただけだから。

誤った倫理と歪《ゆが》んだ教育で生まれた怪物が、やっと少し人になろうとしていたから。

その最中に少し迷惑を掛けられたくらい、笑って許してやろうと思ったのだ。

私の損害と言えば、既に底値を割っている私の王国内における風評が更に下限を突破した程度だしな。結局私も私の配下も無傷だし、クライヒハルトはこの後のご褒美を考えてご機嫌だし。

父上の言葉通り……戦争を引き起こした以前の皇帝《リリカ・リリラト・リラトウ》は、もう居ないのだ。怪物は、人になった。国と国の話はともかく、私個人は別にこのくらいで良い。

「…………そう。そっか……」

「そうよ。ありがたく思いなさい」

あと。

クライヒハルトが、私のことを大切に思っていると。

そう教えてくれたからというのが、ほんの少しだけ。

「……あー、あっつい。耳が熱いわ」

「……？　どうしたの？」

「いや、別に……ちょっと、思った以上に阿呆《あほ》な自分に気が付いて……」

まあ、別に。何にも思っちゃいないけど。

ここで貸しを作って、リラトゥに……リラトゥ帝国初代皇帝であるリラトゥに、色々やって欲しいことが山ほどあるから。それだけだから、うん。彼女の肩書で、いったい私の『劇団』がどれ程豊かになるか。大人ってそういう物だから。汚いものだから。

「……まずはそうね、今回完膚なきまでにブッ壊れた屋敷の賠償についてなんだけど……」

私の歳費からは払えないわよ。

そう頭の中でパチパチと計算しながら、草一つ生えない荒野となった地べたに座り込んで。

私とリラトゥはやっと、『相互理解《お話》』を始めたのだった。

どうも。

世界最強のマゾ奴隷、クライヒハルトです。

「チョップ！　死ね死ね、さっさと死ね～～～～」

「ガ……ァ、ア……！」

軽く手刀を振るって、チョチョイのジョイと俺っぽい魔物の四肢を斬り落とす。

ヴェスパーが振るう剣が、俺の首筋に当たるが……別に、薄皮一つ切れやしない。カァンと乾いた音を立てて、弾き飛ばされた剣が地へ落ちる。

「ァ………」

「ほなさいなら。来世はもうちょい幸せになれるといいな」

まだ再生するっぽかったんで、もう一回四肢をもいで首から上も切り離しておく。よし、これで動きも止まったな。

しかし、よくこれで勝てると思ったな、リラトゥ。アホなんじゃないか。こちとら曲がりなりにも王国最強の英雄やぞ。俺の300分の1以下である僅かな血と、そこらの魔物の寄せ集めで勝てる訳ないだろ。あと、コイツの顔ってほんとに俺に似てる？　だとしたらちょっと異世界で整形考えちゃうんだけど。美容系の異能とか探しちゃうぞ。

ふう……。

マリー殿下への助太刀は禁じられているので、早速ながらやることが無くなってしまった。

こういう時、マゾごとの性格が出るよな。こういう時ってのは、ご主人様に放置プレイを命じられた時ってことな。大人しく命令に従うのか、更なるマゾポイントを求めて動くのか……。

あ、一応言っておくとどっちが良いかって話じゃないぞ。マゾに正解も不正解も無い、皆がそれぞれに素晴らしいんだ。無闇に敵を作ろうとするのはやめよう。

そして俺は、徹頭徹尾ご主人様の命令に従うタイプだ。何だろうな、ご主人様の為にある、一つの道具でありたいというか……命令にひたすら従うのが好きなんだよな。

「まあ……あと、万が一にも負けないだろうし……」

そう呟いて、俺は周囲に生えてる果物でも探しに行くのだった。今宵《こよい》のクライヒハルトは飢えております。極めて文字通りの意味で。

第十話　マゾ奴隷と人生の絶頂

どうも。

高度に発展したマゾは犬と区別がつかないでお馴染《なじ》み、クライヒハルトである。

突然だが、貴方《あなた》は神を見たことがあるだろうか。

俺の答えはただ一つ。
A．王国で見た。
「……ん、しょ……。クライヒハルト、これでいいの？」

「くっ……！」

「踏まれてるのに、すごく気持ちよさそう……。ふみ、ふみ……。ふふ。顔、蕩《とろ》けちゃってるよ……？」

「そ、そんな訳……!!」

「わたし、胸もお尻もない貧相な身体《からだ》なのに。こんな幼児体型の女の子に踏まれて、興奮してるの？　……可愛《かわい》い♥　いいよ？　もっと、気持ちよくなって……？」

傷一つないリラトゥの素足が、俺の顔を優しく踏みつける。仄《ほの》かな汗の甘酸っぱい匂いと、その奥に潜むミルクのような香りが俺の顔を包む。

姫様がリラトゥをブチのめしてから数日後。俺は、リラトゥに頭を踏みつけられていた。

イ……イエエエエエ――――イ！！！！

YESYESYESYESYESYES！！！　最高最高最高最高〜〜〜〜〜！！！

もう……もう、全部許すよ。

何をとかじゃない。〝全部〟許す。

世界って、こんなに美しいんだな……。俺たちが生きていることって、本当に奇跡なんだ。25メートルプールに時計の部品をバラバラに放り込んで、それが正しく組み上がるよりもなお低い確率で生まれた俺たち。命は、ただそこにあるだけで尊く、綺麗《きれい》なんだ。

たくさんの命が暮らす、この星を守りたい。世界平和を目指そうよ。

「ふふっ……どうしたの、クライヒハルト？　貴方ならリラトゥの足くらい、簡単に退《ど》けられるはずよね？　あったかくてぷにぷにの、柔らかくて気持ちいいリラトゥの足♥　……そうよね、退けたくないわよね？　ほんと、最低の英雄だわ……変態で、被虐性愛者《マゾ》で、おまけに小児性愛者《ロリコン》だなんて♥」

「ああっ……♥　許してください、マリー様……！」

「変態、変態、変態……♥　ほら、リラトゥも言ってあげて？　このマゾは、変態って言われて喜ぶ最低の男なんだから」

「うん……クライヒハルトの、変態……♥」

靴を脱ぎ、覚束《おぼつか》ない足捌《あしさば》きで俺を踏みつけるリラトゥ。そして椅子に腰かけ、その様子を艶美な笑みを浮かべながら眺めるマリー様。

リラトゥの脚は温かく、そして程よく柔らかく、力一杯踏まれても痛みより気持ちよさが先に来る。リラトゥの無表情な顔に見下されながら、無様に這《は》いつくばって踏みつけられる。そして、その様子をご主人様であるマリー殿下にクスクスと嗤《わら》いながら見られてしまっている。

生きててよかったと確信する至福。この世の天国が、そこにはあった。

マリー殿下の有り余るS嬢としての才能に、俺はもはや恐れを抱き始めている。まさか、ここで無知シチュとはね……！　そ……その発想は無かったァ～～ッ!!　やはり君は天才だッッ！　やはり君は天才だッ！　中国拳法の達人もそう申しております。性の知識に疎いジト目系ロリに、己の痴態を分析されながら躾《しつ》けられる。無知シチュのうま味《あじ》が全て詰まった状況に、全身の細胞が歓喜しているのが分かる。

「クライヒハルトの、変態……変態……変態……❤」

「ありがとうございますッ!! ありがとうございますッ！！！！」

生の喜びを噛《か》み締めながら、一つしみじみと思う。

……いや、マリー殿下凄《すご》すぎないか???

民衆の間では星が墜《お》ちたと噂《うわさ》されている、マリー殿下とリラトゥの戦闘が終わり。

『ほな……マリー殿下を傷つけたらしいし、〝ケジメ〟つけてもらいまひょか……』くらいの軽いテンションで合流した俺に、マリー殿下が開口一言、「リラトゥも貴方の〝しつけ〟を手伝ってくれるそうよ」と仰《おつしや》ったのだ。その時の笑みの美しさと言ったらもう……とんでもなかった。

まさに傾国。世が世なら彼女のために城が建っただろう。

そして事情を全く把握していない俺をよそに、事態はあれよあれよと進み……そして、今の天国に至る。

う、うおおおおおおおおおおおおおお！

マリー殿下最強！ 最強！ 最強！

元々交渉力に秀でた人だと思ってはいたが、まさかここまでとは思っていなかった。というか、帝国の皇帝をSMプレイに巻き込むのはもう交渉とかの次元を超越しているだろ。何をどうしたらこんなことになるんだ。いくら何でもミラクルすぎるだろ。

やっぱさぁ……異能とか強さとか、下らないって。この人を見てるとつくづく実感するね。人生の豊かさは、そんな物とは全く関係ない所にあるんだ。俺の異能……なんだっけ、【貢ぎマゾ】だっけ。あんなもん、マリー殿下の輝かしい女王様としての才能に比べればあまりにもちっぽけな能力だわ。あれ、今からでも他のに変更できないかな。周りの女性が俺を虐《いじ》めたくなるみたいな。

リラトゥの処遇をどうするのか、正直俺も決めかねていたのだが……もう、発想のスケールで完全に負けた。完敗だ。思いついても実行に移すか？　相手は一国の皇帝だぞ？　いや、俺も一国の姫さまにお相手して貰《もら》ってるという点では似たような物なんだけど。

やっぱりマリー殿下しか勝たんわ。まさに理想の女王様……いや、女王神だ。神を超えた神。将来的にSMを司《つかさど》る神として祀《まつ》られて欲しい。ここに石像を建てよう。

かつてない官能にとろけている俺に、マリー殿下とリラトゥが淫靡《いんび》な笑みと共に囁《ささや》く。

「ほら、マゾ犬。もっと気持ちよくなりたいでしょう？　犬は犬らしく、おねだりしなさい♥」

「そうだよ……クライヒハルトが何されたら喜ぶのか、もっと教えて……♥」

ウ……ウオオオオオオオオオオオオオオ!!

生きてて良かった〜〜〜〜〜〜〜〜〜〜〜〜〜〜〜〜〜〜!!!!

……どうも。

人生の8割がハッタリとその場しのぎでお馴染み。

クライヒハルトを虐めながら自分で自分の首を絞める一人SMプレイの達人、マリー・アストリアです。


リラトゥとの戦いを終え、その全てを徹底的に隠蔽し終わった後（こんなのがバレたら絶対に王国内の抗戦派を抑えられない。王国が滅びるわ）。

私は、イザベラにガン詰めされていた。

「……姫様」

「何も……何も言わないで、イザベラ……」

「姫様……」

分かってるから。自分がすっごいアホやらかしたってこと、ちゃんと分かってるから。

「どうするのですか、姫様。あれほど恐れていた、『クライヒハルトに怯《おび》えることなく虐められる存在』が出来てしまいましたよ」

「分かってる……分かってるから……！」

冷たい目でこちらを見据えるイザベラへ、魂を絞り出すようにそう返す。

何でこんなことになってしまったんやろなあ。

「『こちらの強みを押し付ける』『力尽《ちからず》くでリラトゥの企《たくら》みを粉砕する』と、仰っていましたよね。それは我々劇団にとっても道理にかなった物でした。リラトゥにクライヒハルト卿《きょう》の異能を開示したことも、彼女に戦力差を教え込む上では必要だと判断されたのでしょう。そこに異議はありません」

「はい……」

「ですがその後。リラトゥにクライヒハルト卿の嗜好《しこう》を教え、あまつさえ彼の調教に参加させたことは本当に、本当に理解できません。どういうことですか？」

「はい……ごめんなさい……」

「適当にあしらっておけば良かったではありませんか。クライヒハルト卿、随分と喜んでいましたよ。それはそうでしょうね。自分を恐れず、虐めてくれる女性が二人に増えたのですから。ですがその分、彼の忠誠が他所《よそ》へ行くリスクは格段に増えましたよね。『クライヒハルトの心変わりが怖い』と、あれほど仰っていたではありませんか。自分で自分の寿命を縮めてしまったことにお気づきですか？」

「違うの……違うのよ！」

事情を理解しているイザベラに、理路整然と責められるとすっごく辛《つら》い……！

クソ、何で私が虐められる側に回っているのだ。クライヒハルトが喜びそうな感じでネチネチと責め立てるんじゃあない。キツい詰問から逃れるように、大きくかぶりをふる。

「そもそも！　私が教えたんじゃないわ！　何でか知らないけど、リラトゥが既にクライヒハルトの被虐趣味を把握していたの!!」

そう、ここだけは神掛けて主張しておきたい。私が、自ら進んで彼の性的嗜好を開示した訳ではない。そんなことするわけあるかい。ここに関して、私は何一つ悪くないのだと神に誓える。

思い出すのは、リラトゥとの戦いを制し、彼女を舌戦で落ち着かせた後。

リラトゥの巨人（あれ結局何だったの？　異様に強かったんだけど）が最期にまき散らした血液によって、草一本も生えなくなった荒野でウフフと談笑していた際。

いきなり『そういえば、クライヒハルトは虐められるのが好きなの？』と聞かれた時の私の気持ちを想像してみて欲しい。本当に血の気が引いたわ。せっかくこっちが勝ったのに、また直《す》ぐ第二ラウンドが始まるかと思った。

今考えれば、ある意味当然のことだとは理解できる。リラトゥは、クライヒハルトの血液を確保していた。それを通じて、まあ……私への、愛情……的なあれそれを薄《うっす》ら把握し、初めての嫉妬を覚えてしまったせいで、そもそも今回の騒動が始まったのだ。

それ程までに被捕食者の情報を把握できるなら。性欲が服を着て歩いている男ことクライヒハルトの被虐嗜好など、真っ先に理解できて当然だろう。

リ……リラトゥが無知で本当に良かった……。一歩間違えれば、私とリラトゥがマゾ犬のリードを引き合う骨肉の争いが開催されていたかもしれない。嫌すぎる。私とリラトゥが互いの必殺技をぶつけ合う、あの恐ろしくも神々しい絵面はどうなってしまうんだよ。最悪の絵面になるぞ。

とにかく。そんな絶体絶命の状況から、私は精一杯リカバリーしようと頑張ったのだ。この事実だけは厳に主張しておきたい。そこ以外あまり強く出られる部分が無いとも言う。

「絶対に隠し通さなきゃいけないトップシークレットが謎にバレちゃってるし！　クライヒハルトがそろそろ戻ってくるし！　こっちはもう完全にパニックよ！　そんな限界ギリギリの中で、『そうだ、リラトゥも仲間に入れてしまえ！！！』って思いついた私、むしろ凄くない!?何なら褒めて欲しいくらいよ!!」

クライヒハルトの趣味嗜好は、私と劇団員しか知らないトップシークレットだ。なにせ、彼は余りにもチョロすぎる。軽く足で虐めてやれば、本当に何でも言うことを聞いてくれるのだ。

他国の人間や悪意ある者へこの情報が渡れば、クライヒハルトへ怒濤《どとう》のハニートラップが雲霞《うんか》の如《ごと》く押し寄せるだろう。大抵の者は上位存在である英雄を虐げるストレスに耐えきれず脱落するだろうが、万が一私のように適性を持つ者が現れれば王国存亡の危機である。

事実、リラトゥが現れたことで本当にそうなりかけたのだ。彼女を積極的に取り込むことで、何とか主導権を手放さなかった私はむしろ褒められるべきだろう。

「……と、思うんですけど……」

帝国の皇帝なにするものぞ。我が冴《さ》え渡る機転、叡智《えいち》の輝きを称《たた》えるべし称えるべし。そう語る私の声は、あまりにも弱々しかった。

「…………」

「…………あの、イザベラ……？」

「……姫様が本気でそう思っているなら、賞賛でも拍手でも何でもして差し上げますが？」

「ごめんなさい！！！」

無理があったか。無理があったわよね。ごめんなさい。

「どうしようもなかったの！　私も時代の犠牲者なのよ！」

「錯乱しないでください。確かに、今一番苦労しているのは姫様でしょうけども」

頭を振り乱す私を、イザベラがどうどうとなだめる。

「こ……怖かった!! リラトゥも怖かったけど、なによりリラトゥに指示しながらクライヒハルトを虐めるとか言うワケわかんない調教をやらされたのが本当に怖かったわ!! 何あれ、SMクラブで行われる新種の二人羽織!? 自分で自分の立ち位置がワケわかんな過ぎて眩暈《めまい》がしそうだったわ! どんな顔で『ほらリラトゥ、もっと焦《じ》らしてあげないと♥』とか言ってたの、私!?」

「あ、自覚があったのですね姫様」

「あるわよ! あれ……あれ、ホントに何!? なんでクライヒハルトは当たり前に適応していたの!?」

涼しい笑みを浮かべて余裕そうに振舞っていたけど、内心は冷や汗ダックダクだったわよ。

「今日ほど私の顔と演技の才能に感謝したことは無いわ……」

私を演技上手に産んでくれてありがとう、お母様。なんか功罪で言うと罪の方が大きい気がするけど、それでもありがとう。天国で、あんまり私の様子を見ないようにしてね。たぶん見るに堪えないと思うから。

「人生は遠くで見ると喜劇で、近くで見ると悲劇ね……」

「なんと。姫様が悟ったようなことを。お可哀想《かわいそう》に……」

そう言って、イザベラがわざとらしくハンカチで目元を拭う。やかましいわ。

「……と言うか。リラトゥはクライヒハルト卿のことが好きなのですか？」

「そうよ……ある意味、そのお陰で王国は救われた訳ね。リラトゥがクライヒハルトに執着して戦略を誤らなければ、確実に帝国が勝っていたはずよ」

「成程……。つまりマリー殿下とリラトゥは、いわば恋のさや当てをなさった訳ですね」

「違うわよ！　語弊があり過ぎるからやめてくれない!?」

前から不思議だったんだけどイザベラ、何処《どこ》からそう言う表現を仕入れてくるの？　恋愛小説が趣味なのは知ってるけど、読んでる本を絶対に教えてくれないのよね。そのせいで私は貴女《あなた》が官能本《エッチな》を読みふけってると睨《にら》んでいるわよ。

「英雄二人と姫の、国を揺るがす恋。良いですね、私が好きそうな感じになってきました」

「欺瞞《ぎまん》が過ぎるわよ。詐欺で訴えられたら負けそうな誇大広告はやめなさい」

そもそも私、別にクライヒハルトのことは好きじゃないからね。クライヒハルトが居ないと、なんやかんやあって王国が滅びちゃいそうだから仕方なく頑張ってる訳で。王族としての義務よ、義務。義務調教。それだけだから。

「……何よ義務調教って、字面が終わってるわね……」

「はいはい。照れ隠しありがとうございます姫様」

「ねえ、それズルいからやめない？　それ言われたが最後、私が何言っても封殺されちゃうんだけど……」

妙なことを言い散らかすイザベラを横目に、ふうと一息をつく。

阿呆《あほ》なことを言い合っている内に、少しずつ落ち着いてきた。イザベラもそれを狙ってわざと馬鹿なことを言ってくれていたのだろう。多分。きっと。

「ふう……まあ、ほら。人生、良い面を見つめていくのが大切じゃない？　リラトゥは英雄の中でも飛びぬけた、国造りの才を持つ英雄よ。そういう彼女と友好関係を結べたってのは、まず喜ばしいことじゃない？」

そうだ。クライヒハルトとは違った形で、彼女もまた特異な存在である。英雄の中でも、国を興すほどの才を持つ者はそう多くはない。彼女は帝国の英雄と呼ばれているけれど……正確に言えば、彼女こそが帝国そのものなのだ。軍も民も、彼女は一人でまかなえるのだから。

「はあ。悪い面も申し上げて宜《よろ》しいですか？」

「やめて」

「リラトゥに依存しすぎたが最後、ズブズブと食い込まれてクライヒハルト卿を奪われそうなのですが」

「やめてって言ったじゃない！」

やめて、現実を見せないで。せっかく現実逃避しようとしてたのに。

「現実を見てくださいませ。クライヒハルト卿一人ですらいっぱいいっぱいでしたのに、今後はリラトゥにも気を配らねばならないのですよ」

「やだ、死んじゃう……」

「眠る様に死ねる薬が残っております。死出の旅はお供いたしますので」

「ねえ、それ持ちネタなの？　何処にあるのよその薬、見たことないんだけど」

鉄板ジョークにしようとしてない？　趣味が悪いわよ。

そんなことを言っていると、キィとドアが音を立てて開いた。咄嗟《とっさ》にイザベラが私の前に立ち、何かを構えるような動きをする。

くすんだ銀髪に、光を反射しない昏《くら》く赤い目。成人しているはずなのに、まるで子供のような身体。リラトゥが、ドアを開けて現れたのだ。

「……マリー？　随分身長が伸びたね」

「後ろよ後ろ。分かってるでしょ。つまんないボケはやめなさい」

「ふふ、残念。面白いと思ったんだけど」

怒られちゃった、とどこか嬉《うれ》しそうに言いながら、イザベラをその細腕で容易《たやす》く押しのけて私の前に立つ。私はソファに座っているのに、頭一つ分くらいしか目線の高さが変わらない。

「どうしたのよ、いきなり。クライヒハルトならもう帰ったわよ」

あとイザベラをもっと丁重に扱ってあげて。

ちなみに、リラトゥとクライヒハルトを一対一で会わせるつもりは当分の間無い。いくら何でも危険すぎるからだ。クライヒハルトが私に隠れて闇調教（何なんだこの造語は）を受けないようにするためにも、今後はより奴《やつ》を近くに置いておく必要があるだろう。

「うん、知ってる。今日は、マリーに会いたくて来たの」

「……私に？」

いつの間にか名前呼びになってるし。いや、最初からリラトゥって呼んでる私が言えたことじゃないけど。

「お礼が言いたくて。マリーのお陰で、クライヒハルトとすっごく仲良くなれたから」

「……ええ……そうね……」

そのことかい。やめてくれ、その話をするたびに胃が痛くなるんだ。

「虐められて喜ぶって、実はよく分かんなかったんだけど……わたしに踏まれて喜ぶクライヒハルト、とっても可愛かった。今度はもっと色々準備して、たくさん虐めてあげたいな」

「……そう……」

Sに目覚めてない？？？

勘弁して……許してください神様……。ひょっとして私が手ほどきしなければ、リラトゥは見当違いなことして何にも起きなかったんじゃないかって思わせるのをやめて……。

「……でも。やっぱりマリーが一番上手だったね。クライヒハルトも、マリーに虐められるのが一番うれしそうだった」

「あ……ありがとう……？」

「……わたし、負けないから」

「は？」

は？

「え……何？　どういうこと？？？」

「とぼけなくていいよ。わたし、ちゃんと分かってるから」

「なになになに怖い怖い怖い怖い」

なに？　何が起きてるの？　何でイザベラは視界端で「やはり……」みたいなしたり顔で頷《うなず》いてるの？

「大丈夫だよ。わたし、嬉しいの。マリーはわたしに色々教えてくれたし、すごく優しいし。きっと、いいお母さんになると思うの」

そう言うと、リラトゥは私のお腹《子宮》を慈しむように撫《な》でて。

「わたしとマリーは、友達でライバル……。わたしがもし負けたら、わたしを可愛く産んでね？」

そう言って、リラトゥはにっこりと嗤い。

呆然《ぼうぜん》とする私を他所に、満足したのかさっさと出て行ってしまったのだった。

「…………………」

「…………………」

そして後には、英雄の異常性に触れた寒気だけが残った。

「……ラ」

「何よ」

「ラブコメですね、これも」

「どこにあんのよこんなラブコメディが!!　スプラッタホラーに改名しなさい!!」

第十一話　マゾ奴隷と和解

どうも。

人類最強のマゾ奴隷、クライヒハルトです。

『この世をば　わが世とぞ思う　望月の　欠けたることも　なしと思えば』……。平安時代の貴族、藤原道長《ふじわらのみちなが》氏が遺《のこ》した短歌である。歌会でこんなイキったことを言う物だから碌《ろく》な返歌もされず、皆でこの歌を復唱するという謎の時間が生まれたらしいが……今の俺には、彼の気持ちがよく分かる。

この世界って、俺の為《ため》にあるんだ……。世界が俺を愛している……。

圧倒的な多幸感が俺を包んでいる。もう息してるだけでハッピーだし、人目のない所では常にスキップで移動している。人生薔薇《ばら》色超えてショッキングピンク、いやレインボーだ。ギンギラギンにさりげなく輝いている。

帝国との戦争は終わったし、俺にはご主人様が増えたし!!　勝ったな、ガハハ!!

そんな人生近藤真彦《こんどうまさひこ》状態の俺だが、最近一つ悩みというか気になることがある。

「……っ、クライヒハルト団長!! お勤め、お疲れ様です……っ!!」

「団長……!! こちら、有志でカンパした魔導具です!! 是非、お納めください……っ!!」

「団長……っ! ……いえ、今の私には、貴方《あなた》に話しかける資格すら……!!」

「団長!!」

「団長!!」

「団長!!」

なんか最近、騎士団の皆がすごく仰々しいんだけど。どういうこと? 団長って呼ばれ過ぎてゲシュタルト崩壊するわ。

別に尊敬してもらえる分には、理想の騎士様ロールプレイの一助になるから有難い限りなんだけど……普通に理由が分からんな。俺何かやっちゃいました?ってやつだ。本当に覚えが無いぞ。以前の摸擬戦《もぎせん》で、俺の秘めた巨大なPower...を示しすぎたのだろうか? 一般マゾとしては、尊敬が畏怖にまで行くとちょっと困るんだが。

うーん……最近なんかやった覚えも無いし……あれかな、前のワイバーン騒ぎの時に上位種が交じっていたのが今頃話題になったとか……? いやでも、それくらい今までも結構やってたしな……。

「……まあ、いいか！」

阿呆《あほ》の考え休むに似たりとは、俺の座右の銘である。別に損しているわけでも無い。なんか問題があったら姫様が言ってくれるだろ。多分。

という訳で本日も元気に王宮をウロウロしていると、前方から見知った顔が歩いてくるのが見えた。

未成熟な体軀《たいく》、幼い顔立ち、昆虫の複眼めいた眼《め》……誰あろう、新ご主人様のリリカ・リリラト・リラトゥさんである。

「やっほ、クライヒハルト」

「リラトゥ。今は休憩中か？　仕事が山積みだって聞いたけど」

人喰《ひとく》い皇帝リラトゥ。国の罪人を自ら喰って処刑するという、世界初の斬新な司法制度を開発した食人鬼。死刑囚しか喰ってないからセーフなのかどうか、異世界の倫理の判断が待たれる存在である。

「うん。いまは息抜きの時間。クライヒハルトも、暇ならおしゃべりしよ？」

「やらいでか。喜んで付き合うぜ」

TIPS！　王国の英雄クライヒハルトは、大抵暇を持て余しているぞい。という訳で、連れ立って適当な中庭の椅子へ腰かける。人払いはリラトゥの魔物に任せればいいので気楽なものである。

雨降って地固まると言うべきか、俺とリラトゥの人間関係はあの婚約騒動以来大幅に回復した。少し前までは喰われるか殺すかの一触即発だったことを思えば、未来の可能性は無限大なものである。

ここまで俺とリラトゥの関係が改善した理由は大きく二つ。まず第一に俺が度を越したマゾであり、彼女が俺を大いにいじめてくれたこと。

そして、第二が——。

「えー、それでは私クライヒハルトから、『今日のマリー様』についてお話しさせて頂きます」

「わー、ぱちぱち。後でわたしからも、魔物が撮った映像記録を提出します」

——俺たちが二人とも、マリー様という特大の共通話題を持っていたということだ。

「マリー殿下、いいよね……」

「いい……」

そう、いいんだよな……。達人同士、多くは語らない……という訳ではない。今まで語り合える同志がいなかったので、話したいことは沢山あるのだ。

「マリーは……まず、可愛《かわい》いよね……。血筋が良いんだろうな、スラッとした鼻筋をしてて……きっと子供も可愛くなるよね……」

「分かるぜ……美しいよな……」

微妙に話が噛《か》み合わないor解釈が異なる時もあるが、その時は大いなる愛でカバーだ。俺たちは解釈違いも受け入れるタイプのオタクである。その割には同志が増えないのが悩みではあるが。マリー様ファンクラブへ君も入らないか？　現在会員数二名、その内英雄が二名という世界最大級の影響力を誇る組織だぞ。

「うん。あと、わたしたちに怯《おび》えないのが良いよね……」

「すげぇ分かる。英雄って基本的に、生まれながらにしてコミュニケーション不全だもんな……」

そう。英雄というのは基本的に人格破綻者かつ無駄に威圧感があるので、正常な人間関係というものを築きづらいのだ。生まれながらにコミュ弱の宿命を負った、哀《かな》しい生き物なのである。情緒がブッ壊れている為に気にしている者は少ないだろうが、中にはリラトゥの様に内心では普通の人間関係を求めている者もいたりする。

「クライヒハルトのおかげ。わたしが思うに、クライヒハルトと長く接してるから耐性が出来てきている」

「えー、そうかな」

そう言って、リラトゥはうんうんと頷《うなず》く。

耐性……耐性か……。あんまり気にしてなかったけど、まあそう云《い》うこともあり得るのか……？

「クライヒハルトの覇気は異常だから。ずっと側《そば》にいれば、どんな人でも少しは慣れる」

「え、何その情報。初耳なんだけど」

「ん……？　ああ。まあ、わざわざ言うことでもないから。クライヒハルトの覇気はちょっと凄《すご》いよ。今まで、通りかかっただけで他の人に泣かれたりしたでしょ？」

「え……うん、滅茶苦茶《めちゃくちゃ》よくある……。『覇気を辿《たど》ったらクライヒハルト卿《きょう》に辿り着きました』とか、騎士団員が俺を捜すときよく言うし……」

「やっぱり。一応言っておくと、普通の英雄はそこまでじゃないよ。怒った時に周りが怯える程度」

「マジで!?」

怒った時に周りが怯えるって、別にそれ普通のことじゃねーか。誰が怒ったってそうなるわ。もっと近寄るだけで失神させるとか、グッと力込めたら床に罅《ひび》が入るとかじゃないの……!?

「な、何だその新情報……!!　割と知りたくなかったんだけど！」

「まあ、一般人にとっては恐ろしいっていうのには変わりないけど……とにかく。すごく強いクライヒハルトの側にいるせいで、マリーの感覚は段々狂ってきてる。だから、わたしとも普通に話せるの」

ショックを受ける俺をよそに、リラトゥはそう言ってむふーと笑う。嬉《うれ》しそうにしやがって。

まあ、実際嬉しいんだろうな。

リラトゥの身の上話を聞いたあとだと、いくら冷血漢で通っている気がする俺でも彼女への同情を抑えられない。親がカニバってる宗教の教主で、自分は宗教二世で、産まれた時から両親に捕食ワンチャン狙われてて……。

そりゃもう、こうやってマトモに話が出来る分だけでも真っ当に育ったと言えるだろう。俺が以前言ってた彼女への暴言、ありゃ全部無かったことにしてくれ。うそうそ、ぜーんぶ嘘《うそ》です。

「ふふ。わたしは学習した」

「あ？　何がよ」

「クライヒハルトの傍に居ると、英雄の威圧感に慣れる……つまりクライヒハルトと一緒にいればいるほど、わたしには友達が増える……」

「俺を誘蛾灯《ゆうがとう》代わりに使わないでもらえませんかね……」

「ふふ。でもとりあえず、今はクライヒハルトとマリーで十分。幸せいっぱい」

そう言って柔らかく微笑《ほほえ》むリラトゥに、呆《あき》れたポーズで肩をすくめる。怪物だったリラトゥが、徐々に人間になろうとしている。それは俺にとっても、非常に見ていて嬉しいことだった。

まあ、お前の友達作りは今後この上なく難航すると思うけど……。実績が実績だし。帝国内でお前の名前、子供のしつけに使われてるんだって？　『いい子にしてないとリラトゥが食べにくるよ』って、ほぼ土着の妖怪みたいな扱い受けてるんだっけ。ちょっとまあ、うん……俺の理想の女王様探しぐらい難航すると思うよ……。

「よしよし」

「む。いきなり頭を撫《な》でるなんて。素晴らしい。パパポイント10点」

「初耳だなそのポイント。何に使うのかちょっと想像つくのも嫌だわ」

「貯《た》めるとわたしのパパになれるよ。同系統のママポイントと併せていっぱい貯めてね」

「知らん知らん、破棄させてくれそのポイント」

何はともあれ。

英雄だろうが怪物だろうが、生きていれば何だかんだ幸せになれるだろう。リラトゥには俺と、何よりマリー殿下がついていることだし。俺は内心そう思って、リラトゥの頭をぽむぽむと撫でるのだった。

「ちなみに今のママポイント一位はマリーだよ。クライヒハルトは抜かされちゃったから、ここからの追い上げに期待。パパポイントでは一位のままだから安心してね」

「俺ママポイントでも一位取ってたの？　何の二冠だよ、名誉が無さすぎるだろ」

リラトゥなら普通に性転換とか出来そうで嫌なんだよな。やめろやめろ、そこら辺の話はややこしいんだから。ＴＳ英雄さんの戦場日記、始まりません。

「……でも、マリー殿下が母親って最高だな。前世でどんな功徳を積んだらそんな生まれになるんだ？」

「わたしの異能なら、今からでもマリーの子供になることが可能……未来は、わたしたちの手で切り拓《ひら》く……」

「か、かっけぇ……」

その後、俺たちは今はやりのナウいゲーム『マリー様の好きなところ古今東西』で大いに盛り上がり。マリー様ファンクラブは、その鉄の結束を新たにしたのだった。


どうもこんにちは。

最近ピンヒールに慣れて足腰が強くなったでお馴染《なじ》み。マリー王女です。

ちなみに原因は、クライヒハルトを踏むときに体幹がブレないよう鍛えたから。理由が終わってないか？

「ふむ……へえ……」

今私が何を読んでいるかと言えば、商国から取り寄せた奇書の一種である。奇書とか趣味本と言うと聞こえは良いが、その題材は『男女の営み、その新たな可能性について』。ありていに言えばただの官能本である。

クライヒハルトへより良い調教を施すために、わざわざ高い金を払って取り寄せたのだ。こういうのを私費で出しているから金回りがキツいし、話を聞きつけた王国貴族たちに淫蕩《いんとう》だなんだと責められるのだ。事実が交ざっているだけに大変否定しづらいからやめてほしい。

いや、にしても凄いなこの本……こういうのを見るたび、この世にはクライヒハルト以外のド変態がまだまだ眠っているのだと思い知らされる。世の中の広さをこんな所で知りたくなかった。ひっくり返した石の裏にびっしり虫がいた時の気持ちに近い。

「ええ……？　これホントかしら……耳にぽしょぽしょ囁《ささや》くだけで、そんなに気持ちいいの……？」

本の中には男女の様々な睦《むつ》み合《あ》いや、雰囲気を高めるための工夫が克明に描かれている。それによれば、よく鍛えられた（？）強者は、一切触れられずとも囁きだけで気持ちよくなれると言うが……。うーん、これクライヒハルトにも当てはまるだろうか。　当てはまっても当てはまらなくてもなんか嫌だな……。

いや、それにしてもこの本は……いやいや、ちょっと……。うわー……。

商国は学問が盛んだと聞くが、その好奇心旺盛な文化がここに反映されているとでもいうのだろうか。ちょっと、これは……いくらなんでもエッチすぎる。王国だったら発禁物だぞ。

「マリー」

「うわー、うーわ……」

「マリー」

「うわぁっひゃあ！」

思いっきり飛び跳ね、読んでた本を毛布に包むように隠す。だ、誰……!? 違うのよ、これは学術的に意義があるかつ国益にも適《かな》う活動で……。

「やっほう、マリー。遊びに来たよ」

「リ、リラトゥ……！ 貴女《あなた》ね、ノックくらいしなさいよ……！」

「したのに返事が無かったし、ドアが開いてたもん」

馬鹿な、カギはかけていたはず。そう思ってドアを見ると、無残にも捩《ね》じ切られたドアノブの残骸が床に転がっていた。コイツ、施錠をマスターキー（物理）で突破しやがった……！

「リラトゥ……貴女ね、一秒で分かる嘘つくんじゃないわよ。何よあれ、損害賠償は貴女に行くからね」

「えへへ、ごめんなさい。マリーと遊びたくって」

「……怒られるたびにちょっと嬉しそうなのもやり辛《づら》いのよね……」

日常のどんな所からでも親子ポイントを見つけ出してくるリラトゥを軽くにらみつつ、ごく自然な手つきで本を引き出しに仕舞う。これは貴女にはまだ早いわ。

そこで、ふと違和感を覚える。

リラトゥって今、公務中じゃなかった？　クライヒハルトに接触しないように監視も付けてたはずなんだけど。

「……リラトゥ。貴女、仕事はどうしたの？　王宮の一室で缶詰になっているって聞いたけど」

仕事も監視も全部振り切って此処《ここ》に遊びに来たのだとしたら、ちょっと色々考え直さないといけないぞ。主に今後の監視体制とか、あと教育とかを。

「うん。わたしは今も仕事してるよ。だから、わたしがマリーと遊びに来たの」

「……はい？　なんて？」

耳がおかしくなったかしら。帝国流の謎かけを仕掛けられている？　やめてよね、私そういうの苦手なのよ。

「だから、こういうこと。【餓食礼餐《ウィッチ・リラトゥ》】――――複製《レプリカ》」

「ウワ――――――ッ!!」

思わぬなぞかけに首をひねる私の前で、リラトゥがニュッと二人に分かれた。

「「わたしをわたしの一部と仮定して、異能の対象に入れたの。これで、わたしを無限に複製できる」」

「な……何言ってるの!?　ホントに何言ってるの!?」

「「「だいじょうぶ。これで、いつでもマリーとクライヒハルトと遊べるってことだけ分かってくれればいいから」」」

「ギャ――――ッさらに増えた!!」

目の前でリラトゥが二人になったり四人になったり、かと思いきやまた一人に戻ったりする。

な……何これ！　いくら何でも無法が過ぎない!?

「……？　前戦った時にも使ってたよ？　複製《レプリカ》で増やしたわたしをベースに、混合《キメラ》と再誕《リビルド》で魔物を混ぜ合わせて、完全なる新種を造り出したのが創造《クリエイト》。マリーには負けちゃったけど」

「し……知らない！　あの時はそんな余裕無かったし！」

英雄である貴女の物差しで考えないで頂戴。こっちはただの一般人よ。慣れない戦闘で一杯一杯の中、相手の異能への考察とかにまで頭回らないわよ。

「すっごく疲れるから長くは持たないけど、調子のいい時なら数十人くらいは増やせるから。マリーも、何かあったら言ってね？」

「へ、へー……ちなみに、その状態で異能って使えたりするの……？」

「え？　うん。これもわたしなんだから、当たり前じゃないの？」

「へー。王国もいよいよね」

クライヒハルト……貴方って本当、救国の英雄よ……！

本当に本当に、帝国と停戦できて良かった。あれ以上戦争が長引いたら、数十人のリラトゥが異能を使いながら攻め込んで来た訳でしょ？　やばすぎ。ペンペン草も残らないわよ。クライヒハルトと私、そして私の部下以外は全員塵《ちり》も残らず消えるわ。

「リ……リラトゥ、肩とか凝ってない？　揉《も》んであげようかしら」

「え？　うん、ありがとう。嬉しい」

やはり英雄の中でも上澄み中の上澄み、国造りまで至る英雄はひと味違う。国を代表する英雄のスケールのデカさというものを、改めて実感させられるのだった。こと物量という分野において、リラトゥに勝てる英雄っていないんじゃないかしら……。商国の英雄が十全に準備してやっとって所じゃない……？

リラトゥの肩はふにっふにで、赤ちゃんみたいに全く凝っていなかった。心労でバキバキになってる私の肩にその元気を分けて頂戴。

「うん、うん……気持ちいいな。今まで、誰にもこういうのやってもらったことなかったから」

「…………」

リラトゥ、たまに漏れる過去が重いのよね。

「……別にこれくらい、頼まれればいつでもやってあげるわよ」

「えへへ、ありがとう。大好きだよ、マリー。ママポイント10点あげる」

「えっ、何その胡乱《うろん》なポイント」

そんなこんなで、予想以上の進化を遂げたリラトゥの機嫌を取る妙な時間が流れ。

その平穏は、シグルド王国第一王子、グリゴール・アストリア……つまり、私の兄上からの密使によって破られるまで続くのだった。

第十二話　人柱の王女と才人の王子

クライヒハルトが、まだ王国に来て間もない頃。

今のように王国貴族から全幅の信頼を得る、それ以前の逸話が一つある。

帝国との戦争中に突如私の下に現れ、会戦を勝利に導いたクライヒハルト。彼の論功行賞を行う時のことである。一部の貴族が、彼に対する褒賞の減額と延期を主張したのだ。

一般常識に照らし合わせても、明らかに恥知らずな行いである。クライヒハルトが居なければ、確実に王国は負けていた。その彼への報酬を値切ろうとするなど、貴族としての適性すら疑われる。もしクライヒハルトが苛烈な性格をしていれば、その場で殺されてもおかしく無かった。

尤《もっと》も、その貴族たちはもう死んでいるようなものだったのだが。

リラトゥ率いる異形の軍勢に領地を散々に荒らされ、領地の経営状況は既に死に体。王国からの支援を受け取れなければ、彼らはその年の冬すら越せなかったであろう。

彼らだって、まさか本気で言っていた訳では無い。ただそうしなければどうせどの道死ぬのだから、せめて足掻《あが》こうと言ってみたのだ。当然、この件はクライヒハルトの耳にすら入ることなく棄却された。

はっきり言えば、彼らは王国から見捨てられたのだ。王国の財政もまた苦しく、クライヒハルトを繋《つな》ぎ止めるための褒賞すら、彼の英雄としての格を思えば不足しているような有様だった。全てが仕方なかったのだ。かくて彼らは全てから見放され、哀れな末路を辿《たど》るかと思われたが……クライヒハルトが、そうさせなかった。

クライヒハルトは王家から恩賞を受け取った後。それらの多種多様な金品や魔道具を抱えて、帝国によって被害を受けた家々に全てを配って回った。丁寧に、慇懃《いんぎん》に。

それだけではない。彼は貴族たちの前で先の戦いで散った者たちの名前を暗唱し、彼らがいかに懸命に戦ったかを語り、跪《ひざまず》いて感謝を示した。そして、少なくとも急場をしのげるだけの補塡《ほてん》を渡した。一つではない、戦争で被害を受けた全ての家を回ってだ。王家から受け取った恩賞を使い果たし……それどころか、彼が全くの一文無しになるまで、ずっと。

「私自身としては、英雄にいい思い出など何も無かったのですが……ええ、あの行動には流石《さすが》に心が動きましたね。人は口では何とでも言える生き物ですが、行動だけは嘘《うそ》を吐《つ》かない。貴族の中には、未《いま》だに酔っ払うとこの話ばかりする者もいますよ」

そう言って、癖毛の優男……私の兄上は柔らかく微笑《ほほえ》む。

第一王子、グリゴール・アストリア。

王位継承権第一位であり、既に多数の貴族を派閥に加えている盤石の次代国王候補。政治的根回しに強く、帝国との開戦をギリギリまで引き延ばすことが出来たのも彼の手腕によるものだ。領地経営でも既に結果を出し始めている、王国の俊英。

兄上から呼び出された、厳重に人払いのなされた一室。私は、そこで兄上の適当な世間話に付き合わされていた。

「…………」

「そうそう、逸話で言うと、クライヒハルト卿《きょう》が北大陸からの魔人を撃退した話などもありましたね。あの話は平民たちにも親しまれて、吟遊詩人のいい飯の種になっているとか……」

ニコニコと、喜び以外の感情を読み取らせない笑顔。しばらく話している筈《はず》なのに、何一つ読み取れない内心。この人は私と話せて本当に幸せなのだと、そう思ってしまうような態度。

兄上はいつもこうだ。王宮内外に友人も多く、人望もある人だが……いくら話しても、彼の『欲しい物』が全く読み取れない。何も欲しがっていない。

「……それで」

長々と続く兄上のお喋《しゃべ》りに焦《じ》れて、私はコツコツとテーブルを叩《たた》く。政治の化物である兄上

に対して、これ以上主導権を渡したくなかった。

「兄上の世間話にいつまで付き合えばいいの？　密使を使って、人払いまでして、やりたかったことがこれ？」

「はは、それは御免なさい。ですがまぁ、『世間話に付き合ってくれた』というのもまた一つの情報なので」

では、本題に入りましょうか。

兄上はそう言って、少し腰を浮かして座り直し。

何でもないような顔をして、こう言った。

「私、グリゴール・アストリアはこの度、帝国との交渉失敗の責を負い、王位継承権を放棄することとなりました」

という、とてもじゃないが信じられないようなことを。

「……はい？」

「弟のドレイクも、軍の責任を一身に負い、同様に継承権を放棄。貴女《あなた》の姉たちは貴族に嫁ぐので、当然ながら継承権は取り消しとなります」

「ちょっと、ちょっと待って」

「つまり、このシグルド王国において王位継承権第一位となるのは貴女になります。おめでとうございます。これからの王国をお願いいたしますよ、次期女王殿」

「ちょっと待って！」

明日の献立を語る様に平然と語る兄上に、思わず立ち上がって話を遮る。

「な……何よ突然！　そんな、だって……次期国王は兄上だって、殆《ほとん》ど決まっているようなものだったじゃないの！」

「っふふ。貴女がそれを言いますかね、我が妹。ちなみに継承権放棄後は、法国にでも特使として赴こうかと思っているんですよ。突然『神を信じなさい』という天啓が降りてきた、ということにしようかと。いやあ、やっぱり宗教というものは崇高で素晴らしいですからね」

「心にも無さそうなこと言わないで！」

宗教なんて、兄上から一番縁遠そうなものじゃない。何よ、天啓が降りてきたということにしようって。法国関係者に言えばボコボコにされるわよ。

「ああ勿論《もちろん》、貴女さえ許してくれるなら、しがない一役人としてまた戻ってきますよ。政務の手伝いなども、貴女の許す範囲でしましょう。それに父上もまだまだ壮健でしょうから、今から焦りすぎることはありません。ただ、女王としての心構えを今からゆっくり準備してもらえれば」

何か無理難題を言ってる！　そ……それが一番難しいんですけど！

……息を整え、気持ちを落ち着かせる。落ち着け私、何か知らない間に大国の女王になろうとしている私。兄上の悪癖だ。結論だけ言って、中身を抜いて話す癖。こちらが不明点を落ち着いて聞けば、ちゃんと全部話してくれる相手のはず。

「……理由くらいは、聞かせてくれるんでしょうね」

「勿論。将来的には貴女の方が格上です、懇切丁寧にお話ししますとも」

兄上は茶を一口飲んでから、さて何処《どこ》から話せばいいかと言った風に視線を巡らせる。

「そうですねえ、まずは一番肝心なところから。私たちの完全なる不手際について、貴女に謝罪するところから始めましょう」

「……謝罪？」

「ええ。帝国重鎮、ヴェスパー・ガルドロック……彼と貴女の婚約を強引に推し進めたことも、そもそも、貴女を不当に虐げていたことも。何もかも、私たち王国貴族が間違っていました。本当に本当に、申し訳ありません」

そう言って、兄上は。

この国の権力構造においてほとんどトップクラスである彼は、私に向けて深く深く頭を下げたのだった。

どうも。第一王子グリゴール・アストリアです。現在私は妹相手に全力の謝罪中で、彼女の機嫌次第ではもしかするとここで死ぬかもしれませんね。

いやいや、未来の可能性は無限大とはよく言ったものです。まさか王国貴族たちから盤石の支持を得ていた私がこんな死刑囚じみた境遇となり、庶子として迫害されていた妹がその死刑執行人になるとは。子供の頃は彼女に花で王冠を作ってあげたのですが、今や本物の王冠が彼女に戴《いただ》かれようとしています。

マリー・アストリア。トチ狂った父上のどうしようもない愚かさによって生まれた、哀れな妹。彼女が虐げられたのにも、我々からするときちんとした理由がありました。

異能は血に宿る。

英雄の子は英雄になりやすく、その子孫は、どんな出来損ないでも何らかの異能を発現させる。王族や貴族は英雄の血を躍起になって取り込み、あわよくば自らの一族から英雄を輩出することを願う。

私たち青い血において、血は何よりも重要な財産で、生命線です。これさえ持っていれば、たとえどれだけ落ちぶれても種馬として生き残れる。

だからこそ。それを平民へと混ぜ、我々の優位性を崩す行為は何よりの禁忌でした。

平民に惚《ほ》れ込み、愚かな真似《まね》をした父は大きくその権力を減じ。そしてその子供であるマリー・アストリアは、見せしめとして迫害されなければなりませんでした。どれほど堅牢《けんろう》な堤防も、蟻《あり》の一穴から崩れます。二度と父のように阿呆《あほ》なことを考える貴族が出ないようにする為《ため》にも、彼女は王宮で、王国において庶子がどれほど冷遇されるか、青い血を流出させることがいかに愚かかを示し続けなければなりませんでした。政治的手腕により何とか退位を免れた父も、これだけは覆しようがありません。

私としては、阿呆らしいとも思っていましたが……父がそれ以上に阿呆だったので、どうしようもありません。惚れた腫れたの平民らしい幸せが、王族に許されるとでも思っていたのでしょうか。

とは言え、流石に何の罪もないマリーは可哀想《かわいそう》でしたし。何度か助け舟をそれと無く出しましたが、どうにも噛《か》み合いませんでしたね。

例えば、彼女が育てた【劇団】という暗部組織……あれは、正直に言って中々の物でした。しかし、妹が持っていても活用のしようがありません。情報とは集めるだけでは意味が無い、使わなくては。王宮に何の影響力も持たない彼女が持っていても、ただ腐らせるだけです。あれを王家に献上してくれれば、彼女を敵視する眼《め》も随分減ったでしょう。それに王家からの返礼として、代わりに幾つかの権限や領地を彼女に与えてあげられました。ですが劇団は彼女にこそ忠誠を誓っていましたし、マリーは自らに力を蓄えることに執着していましたし。残念ながら失敗に終わりました。

庶子と言うのは、平民の想像を遥《はる》かに超えて罪深い存在です。血筋は我々にとっての命綱ですから。彼女は王宮内で冷遇され、本人の気質も相まって孤立を深めることとなりました。

思えば、この辺りから私たちの失敗は始まっていたのでしょう。マリーは不義の子であり、一罰百戒の役目を持つ人柱でした。しかし父上にしてみれば愛した者の子であり、そう無下に出来る物でもありません。庶子は島へ流すのが通例であるのに、王宮に留《とど》め置いたこともその一つです。つまり、何もかも中途半端だったのです。生かすのであればきちんと厚遇して信頼関係を築くべきでしたし、そうでなければ放逐してしまうべきでした。

風向きが変わったのは、クライヒハルト卿が王国に仕えてから。マリーが、英雄と言う特大の武力を手にした時からです。

救国の英雄であるクライヒハルト卿は、我々にとって何よりも優遇して扱うべき人物です。一方で彼が敬愛するマリーという人物は、我々が無下にしてきた庶子なのです。戦時下という極限の状況で、私たち王国貴族たちはこのギャップを上手《うま》く処理できませんでした。マリーへ擦り寄るべきだと主張したり、無闇に危険視したり、クライヒハルト卿を自らの配下にしようと謀略を仕掛けたり。

最後の阿呆はこちらで処理しましたが、人柱たる庶子のマリーの下に、救国の英雄クライヒハルト卿がついているという状況の歪《いびつ》さは如何《いかん》ともしがたいものがありました。

ですから、リラトゥが婚約を提案してきた時には『これは丁度いい』と思ったのです。彼女が帝国と言う新天地に行けば、問題は全て解決するではないかと。

自らの主君であるマリー殿下が帝国に行くのですから、クライヒハルト卿は帝国を何度でも訪れることが出来ます。暴食皇帝リラトゥに対し、王国への再侵攻を妨げる最高の重しとなるでしょう。マリーにとっても、帝国と言う新天地に行くのは良い手です。庶子がどのように扱われるか、一部の愚かな王国貴族たちもよく思い知りました。人柱の役目はもう十分です。帝国に行って、自らの幸せを摑《つか》んでも良いでしょう。そして主が帝国の賓客として厚遇されるのですから、クライヒハルト卿とて悪い気はしないでしょう。

という訳で、婚約を拒む理由は何一つありませんでした。一つ言うならば、リラトゥが話を急いだ為、マリーへの根回しが間に合わなかったこと。しかし、そもそも娘の結婚は親が決める物です。平民に入れあげた父上がどの面でとは思いましたが、慣習は慣習ですから。問題は無いだろうと判断してしまったのです。……この時の自分の判断を、私は死ぬほど後悔していますがね。

さあ、そして一体どうなったか。

『星が墜《お》ちた』と噂《うわさ》される、クライヒハルト卿とリラトゥの戦闘痕。

我々王国貴族は、クライヒハルト卿の機嫌をこの上なく損ねてしまったのです。

誓って言いましょう。私たちに、クライヒハルト卿と敵対するつもりなど何一つありませんでした。重ねて何度も言いますが、帝国との結婚はマリー側にとっても良い物だと考えたのです。娘の結婚は親が決める物。このままでは、マリーは年老いた貴族の後妻にでもさせられていたでしょう。呪縛に満ちた王国よりも、帝国の方が幸せになれるだろうと兄としても考えたのです。

クライヒハルト卿は、主《あるじ》の意に添わぬ結婚が気に食わなかったのか。それとも、我が妹を女性として愛しているのか。クライヒハルト卿に尋ねても惚《とぼ》けるばかりで、その真意を明かしてはくれません。我々の失態を思えば当然です。

ですが、彼の信頼を失ったというのは最悪です。救国の英雄であるクライヒハルト卿は、この国において何よりも優先すべき人物。彼がこの国を出ていくだけで、私たちはリラトゥの腹の中に納まるでしょう。

そして、悪い知らせがもう一つ。

粉々になった別荘の跡地から少し離れた所に、二つ目の戦闘痕があったのです。一つ目の物よりも荒々しく、怪物が空間ごと捩《ね》じ切ったような破壊の跡が。

マリー・アストリアは、二人目の英雄を抱えているのでは？

この情報が、いかに我々をパニックに陥れ、マリー・アストリアへの認識を大いに改めさせることとなったかは筆舌に尽くしがたいです。英雄とは、国がその総力をあげて召し抱えるものです。個人が従えるなど、建国神話の領域でしか聞いたことがありません。

もちろん偽情報の可能性も考えました。しかし英雄の痕跡と言うのは、隠せるものでも誤魔化せるものでもありません。余りに馬鹿げた話ですが、しかしそう考えるしかありませんでした。

暗部組織の長《おさ》である、イザベラという女でしょうか。それとも別の、秘匿された人物でしょうか。対価は何で、クライヒハルト卿とはどう折り合いを付けさせているのか。何もかもが私たちの想像を超えています。

そう、何もかもが予想外でした。クライヒハルト卿のマリーへの敬愛の深さも、彼女が抱えている戦力も。

彼女が王位を望めば、それを止められる戦力など有りません。今まではクライヒハルト卿がそんなことに手を貸す訳が無いと信じられましたが、我々の失態によりそれも揺らいでいます。

それに加えて、全てが不明瞭な二人目の英雄の存在。私たち王国貴族にとって明るい情報は一つもありません。

ならばいっそ、初めから彼女に王位を渡してしまおう。そう考えた私はすぐに根回しを始め、マリーに来てもらった訳です。

「だからまあ、貴女を此処《ここ》に呼び出した時、後ろから怒り狂ったクライヒハルト卿が来て首を刎《は》ねられることも覚悟していたのですよ。なので、貴女が世間話に付き合ってくれた時には正直ほっとしましたね」

しかめ面をするマリーに、そう言って申し訳なさそうな顔を見せます。私が百人死んでもクライヒハルト卿が王国に留まるなら安い物ですが、それはそれとして死にたくないですからね。

「……だから、私に王位を継がせようって？　話が少し飛んでるような気がするのだけど」

ちなみに、この案の発案者は私です。次期国王となることがほぼ決まっていた私にしか、こんな提案は出来ませんからね。

「いいえ、実は前から考えていたのですよ。そもそもとして、構造が歪だったのです。クライヒハルト卿は国に仕えながら、貴女にも仕えている。いつか何とかすべきことだったのです」

この権力の二重構造を、私は当初マリーを王国から切り離すことで解決しようとしました。帝国の外戚となり、縛りに満ちた王国から逃れられればと。しかし、それは想像を遥かに超えた失敗に終わりました。クライヒハルト卿は、マリーよりも王国に忠誠を誓っている。何の疑いも無く言えたその言葉も、今となっては紙のように薄い。

「これからは、貴女こそがシグルド王国です。貴女にこそ、英雄が仕えるのです。クライヒハルト卿はどうやら、私たちの想像を遥かに超えて貴女を敬愛している。元々こうなるのは自然な流れでしたよ」

極めて単純な話ですが。我々王国貴族は、クライヒハルト卿が王家にこそ忠誠を誓っていると考えていたのです。彼は本当に、理想の騎士像そのものでしたから。しかし今回、彼はマリーの婚約に初めて明確な拒絶を示しました。クライヒハルト卿が王家の命なく力を振るうなど初めてのことです。

英雄が同格の英雄でもない個人に執着するなど、普通はあり得ません。生物として格が違うからです。しかしもしそうなのであれば、彼女以外が王座につくのはむしろ自殺行為でしょう。別に私も、王位に執着とかありませんでしたし。私しか居なそうなのでやろうとしていましたが、今はどう考えても妹の方が適任でしょう。

「…………」

妹は難しい顔をして黙ってしまいました。我々に怒っているのでしょうか。それとも、話が少々急過ぎたでしょうか。

「……そう難しく考えずとも大丈夫です。つまりこれは、私たちから貴女への降伏宣言です。英雄を二人従えている貴女に、敵対する者など誰もいません。明日からは全ての貴族が貴女の機嫌を取り、貴女の脚を舐《な》めに来るでしょう」

「(……もういる、そういう奴《やつ》が既に一人……！)」

妹が更に難しい顔をしてしまいました。何がマズかったのでしょう。今までの仕打ちを許してもらうには、国王の位でもまだ足りなかったでしょうか。いえ、やはり謝罪が足りませんでしたね。

「貴族たちも、貴女に謝罪したいと申しています。もし宜《よろ》しければ明日にでも廊下に並べて、一斉に土下座させましょうか。勿論私も参加しますよ」

「(いる……！　毎日でもやって来る奴がもういるから……！)」

しかし、クライヒハルト卿は本当にマリーのことが好きなのでしょうか。英雄と凡人の恋愛《れんあい》譚《たん》など、物語の中だけだと思っていましたが。

……一つ、荒唐無稽な可能性として。

マリー・アストリア自身が英雄である、という仮説もあったのですよね。英雄は英雄同士としか交友関係を築かない傾向にありますから、もし彼女自身が英雄であればクライヒハルト卿の行動にも理由がつきます。しかし、ここまで威圧感の無い英雄などいたでしょうか。もしくは、それが彼女の異能である可能性も……？

とにかく。今後の王国存続のためには、マリー・アストリアとの関係を改善することが非常に重要です。使える物は全部使って、彼女との関係を修復するように努めましょう。

眉間を押さえながら俯《うつむ》いてしまった妹を見ながら、私はそう決意を新たにしたのでした。

第十三話 ◆ 未開拓領域

どうも。いつの間にか王国トップにまで成り上がりそうな第二王女、マリー・アストリアです。女王様から女王って、字面《じづら》だけ見たら格が下がったみたいね。ウケる〜。いやウケるわけ無いでしょ馬鹿。

「平民の娘と見下された私、何故《なぜ》か英雄に気に入られて成り上がり街道を爆進中!?〜優秀だった第一王子が、土下座して許しを乞うてきてももう遅い〜」

「……イザベラ、本当にそれ系が好きよね……」

無表情のまま、ワキワキと奇妙なダンスを踊るイザベラを横目に見ながらため息をつく。

兄上との会談内容を教えてから、イザベラはずっとこの調子だ。妙なステップを踏んだり先程のような妄言を吐き散らかしたりと、テンションがバグっている。

「私何かやっちゃいましたか？　何って……ただ英雄の覇気に耐えただけだが？　私の異能がおかしいって、弱すぎるって意味だよな？　な？　な？　な？」

「分かったから、貴女《あなた》の脳が恋愛小説に汚染されきってるのはもう十分に分かったから……」

ズンダンズンダンと左右に揺れ動くイザベラ。これ以上なく分かりやすく調子に乗っている。貴女のその無駄に豊富な語彙のレパートリー、一体どこから引っ張って来てるの？　貴女ばっかり面白そうな本を読んでいてズルいわよ、私にも貸しなさい。

「いやー、私は第一王子のことを信じていましたよ。前から彼はやる奴《やつ》だと思っていました」

「また調子のいいことを……」

適当なことを言いながら喜びまくっているイザベラに対し、私は沈んだ顔をしている。吐《つ》いている嘘《うそ》が大きくなりすぎて、シンプルにビビっているのだ。

「姫様、うかない表情ですね。権力構造を百段飛ばしくらいで駆けあがったのですよ、嬉《うれ》しくないのですか？」

「そりゃそうでしょ……全部が全部、兄上の勘違いによるものじゃない……。何よ、二人目の英雄って！　誰なの!?　そんなもん何処《どこ》にもいないわよ！」

英雄を二人従えてるとかいうとんでもない勘違いのせいで、私の器まで過大評価されてるのが辛《つら》い。全部虚像なんです。マリー劇団は代々英雄一人、クライヒハルトのワンオペで全て成り立っております。

「ああ……つらい……！『クライヒハルトはとんでもないマゾのド変態である』っていう

ただ一点を隠すためだけに、無限に嘘が上塗りされていく……！」

「確かに、どんどん虚像が膨らんでいきますね。今度はとうとう無から英雄が一人生えてきましたし。クライヒハルト卿《きょう》の異能を解放した姫様は英雄に匹敵しますから、所々微妙に真相を掠《かす》ってるのが笑えますが」

「笑えないわよ！」

何でこうなった……というには、兄上の考察に一々筋が通っているからイマイチ怒り辛い！

確かにクライヒハルトの性癖と異能を知らなければ、私は己の器量で英雄二人を従えている凄《すさ》まじい王様に見える……！

「クソ……！　兄上が先入観に囚《とら》われることなく物事を捉えることが出来て、広い情報収集能力を持ち、大胆な発想が出来て、権力へ執着せず、純粋に国の為《ため》に動けるばかりに……！　許せない……！」

「世にも珍しい罵倒ですね。褒めてるんですか、貶《けな》してるんですか？」

「両方！」

『法国と商国、どちらに行きましょうかねぇ。商国の方が文化が違って楽しそうですが』と、ニコニコしながら語っていた兄上を思い出す。王国貴族と太いパイプを持ち、外国にも顔が利く政治のスペシャリスト。

に、逃がさん……！　お前だけは絶対に……！　鎖で縛り付けてでも内政を手伝ってもらうからな……！

「良いではないですか、そう落ち込まずとも。王国貴族との確執が思いもよらぬ手段で解決しましたし、強権も振るいやすくなるでしょうし。何をそう嫌がっているのです？」

「責任だけがのしかかってくるのが嫌なのよ……！　いよいよもって、私の調教の腕に王国全てが掛かって来ている……！」

一人のSMプレイに依存する国、字面が終わりすぎている。こう……こういう、『一人の犠牲で成り立っている平和』みたいなの、小説だと「そんな偽りの平和なんて！」って主人公が助けてくれるんだけど。何故かウチの英雄は加担している側なのでどうしようもない。終わりだよ全部。

……まあ、実際のところ。

兄上の判断は紆余曲折《うよきよくせつ》と迷走を繰り広げながらも、確かに一理あると言えばあるのだ。事実、これまでのクライヒハルトと私と王国の関係は複雑に過ぎた。三者三様にそれぞれ誤解があり、認識が食い違っていた。誰が誰に仕えているのか不透明だったのだ。私が王国のトップに立つことで、この図式は随分と単純化されるだろう。

「問題は、私にクライヒハルトを従え続ける自信が全く無いってことで……」

何が嫌なのかと問われれば、その一点だけである。

クライヒハルトと私の主従関係は、ひとえに私が奴の『理想の女王様』であることを基に成り立っている。何度も言うようだが、性癖が絡んだ時のクライヒハルトのチョロさは常軌を逸する。金銭感覚の蛇口がブッ壊れるのだ。以前、彼に同行した劇団員は御礼《おれい》にと龍の牙を贈られたらしい。王都の一等地に豪邸が建つわ。

主替えの懸念も、未《いま》だ解消された訳では無いしな。今一番恐ろしいのは、『このご主人様凄《すご》い！マリー殿下とリラトゥを連れて、この人の所に移住しよう！　え、王国？　さあ、知らね……』となることだ。あの英雄はこれを善意でやりかねない。

「ああでも、そういう意味でも兄上の判断は正しいのか……」

今後私が王位を継承し、シグルド王国が『マリー殿下《わたし》の国』になれば。クライヒハルトにとってこの王国はご主人様の所有物となる。そうなってやっと初めて、あのマゾに自発的に国を守ろうとするモチベーションが生まれるだろう。そういう意味でも、兄上の継承権の放棄は理に適《かな》っている。それが分かってしまうのだ。

「……何か、割と物事がうまく運びそうで辛い……！」

「イェイイェイ。ぴーすぴーす」

私の胃を犠牲にして、王国が発展していく……！

それも私の女王様RPという、死ぬほど不安定な能力を礎にして……！

「そう心配せずともよいと思いますがね。あのクライヒハルト卿ですよ？　彼を虐《いじ》められる者など、そうはいませんよ」

「そんな訳無いでしょ、私にだって出来たんだから……」

「うーん、認知の歪《ゆが》み」

イザベラが何か言っているが、これは事実である。クライヒハルトと初めて会った時、私は何が何でも生き延びようと必死だった。その必死さが、英雄を虐げるとかいう訳の分からないミラクルを引き寄せたのだ。

必死になった人間は、文字通り何でもやる。追い詰められた小国の子女や、ひょっとすると平民の中からクライヒハルトの覇気に耐えうる者が出てくる可能性を、私は軽視しない。

「心配し過ぎだと思いますがねぇ。隕石《いんせき》が落ちてくるのと殆《ほとん》ど同じ確率ですよそれ」

「あら、じゃあ丁度いいじゃない。私とリラトゥの戦闘痕は民衆から『星が墜《お》ちた』って言われてるんだから」

「何ですか、上手《うま》いこと言ったつもりですか？　まったく……」

ウィットに富んだ切り返し（主観）を披露しつつ、机の上の書類をパラパラとめくる。

「姫様、それは？」

「クライヒハルトとリラトゥの合同演習について。簡単に言うと、未開拓領域の排除ね」

『次期女王となる前に、領地経営の経験は必須ですね。候補地をいくつか挙げるので、好きな所を選んでください』と、兄上に言われていたことを思い返す。その中の最後、『王国東の平野（未開拓領域）』を私は選んだ。選択肢の中には王族の直轄領や大貴族の領地もあったが、今の私が貴族に近づきすぎるのは互いにとって良くない。【未開拓領域】であれば、余計なトラブルも無いだろう。

クライヒハルトとリラトゥが揃《そろ》っていれば、大抵の敵には苦戦しないだろうし。そう思いつつ、どうしても一抹の不安がよぎる。

「……不安ね」

クライヒハルトとリラトゥ、仲良くなりすぎないかしら……。私の劇団員は監視として派遣しているけど、それにだって限界はあるし……。

「ふむふむ……姫様。つまりこれ、ついに私たちにも土地が手に入るという認識でよろしいですか？」

「クライヒハルトとリラトゥが失敗しなければね」

「つまり、確実ということですね。素晴らしい……劇団員全員が喜びますよ。Ｆｏｏ～～♪」

そう言うとイザベラは、再び奇妙なダンスを踊り始めた。イザベラ、何気に自分たちの領地が無いことを気にしてたのね……。大いにはしゃぐ彼女を微笑《ほほえ》ましく見つめながら、私は遠く離れた英雄たちへ思いを馳《は》せるのだった。

主に、クライヒハルトが余計なことしなければいいなと願いながら。

どうも。この先犬があるぞ。おそらく犬。クライヒハルトです。

「男女二人が日付を決めて、一緒に出かけて……クライヒハルト、こういうのをデートって言うんだよね？」

「にしちゃぁちょっと血腥《ちなまぐさ》すぎませんかね……」

俺とリラトゥは現在、王都から離れた未開拓領域にやって来ていた。眼前には暗く深い森が広がり、なんか知らんが不気味な唸《うな》り声《ごえ》が聞こえてくる。周囲では騎士団たちが、野営の準備やらでガヤガヤしている。

〝未開拓領域〟。読んで字のごとく、未だ人間が立ち入れぬ未踏の土地である。原因は過酷な環境だったり魔物だったりするが、まあ結構色んな所にある。大陸の外洋とかね、マジで世界観が違うクトゥルフ染みた化け物が大量にいるらしいしね……。

この世界において、人間というのは中の下くらいの立ち位置である。肉体は脆《もろ》いし魔力は低いし、トップTierの龍とか巨人、あと魔族とかとは結構な差がある。人間の雑魚♥ 雑～魚♥ 魔力スカスカ♥

褒められる点といえばその潜在能力《ポテンシャル》と貪欲さ程度か。そこで活躍するのが、人類の外れ値である我々英雄なわけだが……。まあ、この話はまた今度にしよう。

ちなみにこの森は、中に凶暴な魔物が大量に住んでるし、何なら奥に巨人の集落があるらしいってんで未開拓領域扱いされている。まあ、俺とリラトゥならば何とでもなるだろうって感じの難易度だ。

「【餓食礼餐《ウイッチ・リラトウ》】」

リラトゥが指をパチンと鳴らすと、背後の虚空から彼女の従える魔獣たちが溢《あふ》れ出す。ハウンドドッグ系の小～中型動物が多めだ。人海戦術で森を探索するつもりか。

「よし、行って」

リラトゥが命じると同時、彼女に絶対服従の魔犬たちが飛び出していく。これは中々の忠犬振り、ご同輩として見習わなくては。

「…………」

ここでマゾヒズム的沈思黙考。

リラトゥは過去こそ色々あれど、今はマリー様に次ぐ俺の第二ご主人様である。忠実な下僕として、何かしらお役に立っておくべきだろう。ふむ、となると……。

「…………」

…………。

俺の異能、何の使い道も無かったわ。

ざ～こ♥　ざこざこ♥　応用性皆無♥　単騎特化型♥

別に今から誰を英雄にしようがリラトゥで数は足りてるし、質が必要な相手なら逆効果だし。

やること、何もなかったわ。

沈黙。ざわざわという森のさざめきがいやに響く。

目を閉じて魔獣との同調《シンクロ》に集中するリラトゥと、周辺を警備する騎士団たち。そして、特にやることが無い俺。一人だけ仲間はずれがいますね……。

「…………」

クライヒハルト、お前船降りろ。

「な……何か、私に手伝えることは無いかな？」

「ハッ、クライヒハルト卿。どうぞ警戒は我々に任せ、英気を養われてください」

「そ、そうかい……。そうだ、リラトゥ。私の力が必要じゃないかい？」

「クライヒハルトのその口調、他人行儀で嫌い……。ん、今は大丈夫。クライヒハルトはゆっくりしてて」

「…………」

英雄口調で恭しく話しかけてみたものの、どちらにもシンプルに断られてしまった。「後で働いてもらうので」的な気遣いある断り方だが、灰色のマゾ細胞を持つ俺には分かる。

ねぇよ……俺の仕事なんて……！　こんなクッソ簡単な現場で……！

ふざけろ……！　魔物の数だけがネックだった未開拓領域で、物量が強みのリラトゥを連れてきちまったら……！　ねぇだろ、俺の仕事なんか……！　当たり前に……！

逆境無頼すぎて顎がとんがって来た気がするな……。

暫《しばら》くの間、現実です……これが現実……！　と脳内で沼編の神展開を思い返していると、ふとリラトゥが眉を顰《ひそ》めた。

「……ん」

「どうした？」

「……森の奥で、一部の魔獣の反応が途絶えた。たぶん、殺されてる」

「ほー。どうする？　俺が行くか？」

「ううん、今度はもうちょっと強いのを送る……【餓食礼餐《ウイッチ・リラトウ》・混合《キメラ》】」

そう言うと、リラトゥの差し出した掌《てのひら》から、グチグチと肉の蠢《うごめ》く音と共に歪《いびつ》な魔物たちが這《は》い出してくる。

リラトゥの異能はこの対応力が強いよな。手を替え品を替え、無限に後出しジャンケンをやり続けられる。まあ、究極のグーを使える俺の方が強いんだが……(対抗意識によるマウント)。

よく分からん冒瀆《ぼうとく》的な見た目をした魔物は、そのまま森の中へと飛び出していき……。

「…………だめ。また死んじゃった」

そして先遣隊たちと同じように、森に潜む何者かによって命を奪われた。

「……ほー……。リラトゥ、原因は分かるか?」

二回ってなると、ラッキーパンチとか偶然とかじゃないな。事前の情報では、この森にリラトゥのキメラを瞬殺できるレベルの魔物はいない。つまり、不測の事態ということだ。

ちなみに人っ子一人いない未開拓領域にろくな情報がある訳もないので、三回に一回はこういう不測の事態が起きる。どうしてそこまでして領土を広げようとするんですか(現場猫)?

もっと皆、マリー様に全財産を貢いで欲を捨てればいいのに……。

「よしよし、不謹慎だがホッとしたぜ。俺にもちゃんと出番がありそうじゃん」

量をリラトゥが、質を俺がカバーする。俺たちゃ無敵のコンビだぜェ~ッ!

剣を掴《つか》み、毅然《きぜん》とした英雄らしい仕草を意識して立ち上がる。こういうときの為に普段は散々いい暮らしさせてもらってるんだ、たまには仕事しないとな。

「わたしも行く」

「リラトゥ院」

「誰なの？　……ともかく。わたしのキメラが、死に際ギリギリで残留魔力をキャッチした。……恐らく、魔人がいるよ」

「ヒーッ、またかよ。最近多くないか？　花粉症と同じで、魔人の季節とかあんの？」

この前ブッ殺して、【魔人殺し】のクライヒハルト卿って名を上げたところじゃんね。そう何度も出てこられても、なんかこう……希少価値がおちるというか……俺の偉業の価値がかすむからやめて欲しいんですけど……。

「一緒に行こう？　わたし、クライヒハルトと一緒に戦ってみたかったの」

「いいねぇ。合体技とか試そうぜ、合体技」

実際、魔人がいるならリラトゥは近くにいた方が良いしな。

負ける気せーへん、地元やし。

そう言って、俺とリラトゥは一緒に魔人殺しと洒落込《しゃれこ》むのだった。

第十四話 魔人

どうも。マゾッホ男爵の末裔《まつえい》、クライヒハルトです。言うだけなら自由。

人の文明が未《いま》だ立ち入れぬ魔境、未開拓領域。強大な魔獣や過酷な環境が立ちはだかるこの地は、その分豊富な資源などのリターンも多く抱えている。今回はそんな未開拓領域の一つである暗い森に蔓延《はびこ》る魔物を駆除するため、俺とリラトゥがやって来たわけだが……。

「……やっぱり、森の雰囲気がおかしいね」

「ああ。リラトゥの探査からしても、魔人がいるのはほぼ確定だろうな」

森に入ってもう三十分は経《た》つが、魔物の一匹にすら会いやしない。あれほど大量にいると報告を受けていたにもかかわらず、だ。

背筋がざわざわするような、言語化に満たない異常が周囲を覆っているような感覚。単純に言うと、何かホラゲーっぽい雰囲気。今の森にはそんな淀《よど》んだ空気が流れていた。

技構成が『あまえる』『ほしがる』『メロメロ』、最後が『あばれる』の暴力特化型マゾモン（マゾのモンスター）であるクライヒハルトくん（性格：わんぱく）としては仕事があることを喜ぶべきだが、それはそれとしてこういうホラー系は苦手である。ハルト、怖がりなの♥　くぅんくぅん♥（あまえる）

「しかし、うーん……魔人、魔人なぁ……」

「どうしたの、クライヒハルト？」

「今からでも騎士団を帰らせようか迷ってる。リラトゥの魔物を護衛につけてるから大丈夫だとは思うが」

「……難しい問題だけど。わたしの魔獣が殺される以上、捜索に時間が掛かるかも。野営準備だけはしてもらった方が良いと思う」

「確かに。じゃあ、野営準備だけ終わったら撤収してもらおう。流石《さすが》に魔人相手だと全滅する」

「うん。……聞こえた？　クライヒハルトが、こう言ってる。貴方《あなた》たちは野営基地だけ設営した後、わたしの魔物の誘導に従って帰還するように」

リラトゥが魔物越しに指示を出すのを横目に眺める。リラトゥの魔物ってマジで便利〜〜〜。

騎士団の人たちやマリー殿下の部下の人は何とか粘ろうとしていたが、こちらに理があるので最終的には受け入れてくれた。

ひとり「そのようなことをして、後で姫様に何て報告すればよいか……！」と必死に食い下がって来た人がいたが、マリー様ならば命を大事にしたことをむしろ褒めてくれるだろうと返したら、悔しそうな顔をして引き下がってくれた。いやあ、姫様もいい部下を持ってるなあ。マゾ犬として負けてられん。

「…………」

……なんなら、リラトゥも帰らせるか？　魔人相手の戦闘経験は無いらしいし、万一があっても困る。いやでも、リラトゥなら俺の近くにいた方が死亡率が低そうなんだよな……。

「言っておくけど、わたしはクライヒハルトと一緒に行くから」

「心を読むなよ……にしても、数年前に魔人が出たばっかりだぞ。そんなにポンポン出て来るもんか？」

「分からない。最近北大陸で魔族の動きが活発だって聞いたけど、それと関係があるのかも」

魔人。北大陸に暮らす魔族の中の、一握りの強者。つまり、魔族の英雄だ。

向こうじゃもっと違う言葉で呼ばれているらしいが、『あまりに不遜だよね』って理由でこっちでは魔人と呼ばれている。

元々のスペックが優れる魔族の中の英雄だけあって、だいたい英雄三人で魔人一人と互角くらいのパワーバランスだ。だからこそ滅多に生まれないし、それを打ち破った者は【魔人殺し】として賞賛されるのだが……。

「魔族ねぇ……北大陸で何か起きてんのか？　あそここそ、世界最大の未開拓領域だってのに」

「魔人が生まれるのはあくまで確率だから、たまたま確率が偏った……って思いたい。……人間側《こっち》も、英雄が多い時期で良かった」

リラトゥと好き勝手に考察を言い合いながら、陽《ひ》の通らない暗い道を歩く。

魔人が大量に産まれて、調子づいた魔族がこっちへ来ているのか？　それとも完全に偶然で、特に何の理由も無いのか。そもそも魔人は何の為《ため》に、どうやってここに来たのか。我々はどこから来たのか、我々は何者なのか、我々はどこへ行くのか……。

分からんな。今の段階じゃ情報が少ないし、あと俺はこういう考察に向いていない。せいぜい動画サイトでやたら文字の多い考察動画を見て成程と思うのが関の山である。魔人、実は百人居た!?　ガキが……舐《な》めてると潰すぞ……。

「…………」

真剣な顔をして、リラトゥは黙り込んでしまった。一国を動かすその頭脳が、様々な可能性を検討しているのだろう。リラトゥのパラメータは全方向に優秀だからな。【暴力】だけが突き抜けている俺としては、大人しく彼女の思索を見守るばかりである。

「…………」

……にしても、顔が良いなコイツ……。前は不気味だった昆虫めいた眼《め》も、何かだんだんチャームポイントに見えてきたと言うか……。

「ありがとう。わたしも、クライヒハルトの顔はカッコ良いって思ってるよ」

「……なあ、実は今も俺の血を飲んでるとかじゃないよな？　何で逐一心が読めるの？」

人格分析を基にした推測らしいが、にしても当たりすぎてて怖い。蚊の魔物とか使役して俺の血を吸い続けていらっしゃる？


リラトゥと共に森を歩き始めて、しばらく経った頃。

俺たちは闇雲に歩いていた訳では無い。彼女の魔物の反応が途絶えた地点を目指して移動していた訳だが……。

「……これは」

「うげぇ……」

骸《むくろ》の塔。

洒落《しゃれ》た言い回しをする者ならそう表現しそうな物が、俺たちの前にそびえ立っている。

「魔物が出ないはずだな……」

大小さまざまな魔物の死体。それが山のように積み上げられて塔になっている。何百、何千……ひょっとしたら何万かもしれない。無数の死骸たちが折り重なってできた山は、森の暗い雰囲気も相まって、邪教の儀式めいたドス黒い神聖さすら醸し出していた。

「……クライヒハルト、これ」

「巨人の集落がある……って話だったな。この数を見るに、めでたく滅亡か」

リラトゥが塔の一部を指さす。

人の何倍もある手足に、特徴的な顔の紋様。巨人だ。頑強で知られる彼らの死体すら、塔の建材として使われていた。何人もの巨人が苦悶《くもん》の表情を浮かべながら、山のあちこちから砕けた手足を突き出している。巨人はそこまで大規模な群れを造る種族ではない。僅かな生き残りはいるかもしれないが、集落としてはもう維持できないだろう。

……まあ、別に残念とかそういう気持ちにはならんな。

俺に巨女属性は無い訳じゃないんだけど、巨人の間での人間《おれたち》の呼び名って『二足鶏《にそくどり》』なんだよなあ。二本足で歩く鳥の一種。もう認識が完全に食料扱いなんだわ。一般人が巨人に捕まったら、足を摑《つか》まれてチキンレッグみたいにムシャムシャ食われるらしい。相互理解が不可能過ぎてウケる。

という訳で、ここで無惨に殺されている彼らを見てもそこまで哀悼の気持ちは湧いてこない。

人のことをクリスマスのターキー扱いした報いを受けろ……。

「……わたしの魔物の反応が途絶えたのはこの辺り。気を付けて、クライヒハルト」

「了解。このまま何も無かったら、魔人が代わりに魔物駆除やってくれました。めでたしめでたしで終われるんだがな」

周囲に魔物を配置したリラトゥと共に、塔の周りを探索する。無数の死骸でできたこの塔を、まさか魔人が伊達《だて》や酔狂で造ってみただけとは思えない。手間と労力に比例するだけの理由があるはずだ。

「魔人の奇襲に警戒して、二人で動こう。ここに来た私の魔物が殺されたってことは、逆説的に近くに手がかりがあるはず」

『そうだね。実はここ、儀式場なんだ。来客は予想外だったから、痕跡が消し切れてないと思う』

「…………」

リラトゥの横。褐色肌の男が、そう照れくさそうに頬を掻《か》きながら話す。

全身から立ち昇る濃密な魔力に、よく鍛えられた細身の身体《からだ》。それらが、彼が一級品の実力者であることを雄弁に物語っていた。

「……えーっと……」

『どうしたんだい、クライヒハルト？　慣れない環境で疲れが出たかな？　ハハハ、さしもの英雄さまも疲労には勝てないか』

「ザジ、口を慎んで。クライヒハルトは絶対に勝つ。疲労にも負けない」

『え、訂正するところはそこで良いの？　リラトゥは相変わらず独特だなあ』

そう言いながら、ザジとリラトゥはハハハと笑い合う。

『それよりほら、一緒に痕跡を探そう。僕も自分が何処《どこ》を消し忘れたかは気になるからね。こういうケアレスミスってのは、自分だと中々気づけないし』

「ふう、ザジは相変わらずうっかり。少しはクライヒハルトを見習って」

「俺の虚像が膨らみすぎてないか？」

……………ふーん。なるほどねえ。

三人であーだこーだ言いながら、死骸の山を探索する。

それにしてもこの死体の山、かなりのデカさだ。そして一見しただけでは気付かなかったが、それぞれが一定の法則に従って、規則正しく配置されているように見える。魔術には全く詳しくないが、なにか一種の魔法陣のようだ。

とは言え、それだけでは大したことも言えない。死体を利用した魔術と言うのは多岐にわたるからな。死体を操るネクロマンシーから、生贄《いけにえ》として利用する物、変わり種ではリラトゥの異能だってある意味死骸を利用している。

周りに呪文か何かが書かれていれば、使おうとしていた魔術の種類が推理できるだろうが……。

「クライヒハルト、これ。ここ、かすれてるけどインクの跡がある」

そう思っていると、リラトゥが早速痕跡を発見した。突き出た骨の一部を指さし、こちらに声をかけて来る。流石リラトゥ、仕事が早いぜ。

『あちゃー、やっぱり。雑な仕事はこういう所でボロが出ちゃうよね』

「ザジの言う通り。恐らく、これは魔人にとっても不意の遭遇。彼らの狙いを掴む、絶好のチャンスだと思う」

『全くもってその通り。だからこそ、ここでちゃんと始末しとかないとマズいんだよねぇ』

そう言って、ザジが腰に佩《は》いた剣をチャキチャキと鳴らしながら笑う。何だコイツ、物騒な奴《やつ》だな……。

一応俺もリラトゥが指さす先を見つめるが、何を書いているのかさっぱり分からん。頭脳労働をクライヒハルト氏にさせるなとあれほど……！　あとクライヒハルト君は脳筋なので、魔術とかそういうのに適性が全く無い。そういう意味でも役に立てなそうだな。

『うんうん、これは魔族が使う文字だねぇ。何て書いてるかは分かる？』

「……分からない。ザジの言う通り、魔族の文字だから……」

「俺に聞くなよ。俺に出来ることは敵をぶん殴ることだけなので」

『あ、そう？　良かった～、これが分からないならまだセーフかな。どっちにしろ殺すけど、まだ僕の怒られが少なくて済むよ』

骨にはどうも、魔族特有の文字で何かが刻まれているらしい。魔法体系が全く違うのでこの場では解読出来ないが、持って帰れば誰か分かる奴もいるだろう。こう……引き籠って魔族の魔法を研究している、眼鏡で巨乳のエッチなお姉さんとか……。

『でもリラトゥ、これが何か分からないと困るよね？』

「うん……魔人の居場所も分かってないし、せめて少しでも手掛かりを得たい……」

『僕にいい考えがあるよ。リラトゥが死ねば、きっと手掛かりがつかめると思うんだ』

「え？」

『大丈夫！　心配しないで。後は僕とクライヒハルトが上手《うま》くやるし、痛くないようにするから』

信じがたい言葉を聞いたリラトゥは、しばし眼をパチクリとさせる。

「……わたしが、死ぬ？　なんで？」

『だってほら、君たちって人間側の英雄だろ？　今ここで殺しておけば、僕たちの仕事も随分楽になるなと思って。それにそもそも、ここに来た以上生かしては帰せないし。大丈夫、僕が今までリラトゥに嘘《うそ》を吐《つ》いたことがあったかい？』

ザジは中々にせっかちな方なのか、まだよく分かっていない顔のリラトゥに向けてベラベラと喋《しゃべ》りかける。

リラトゥはしばし迷った後、ザジに押されるようにゆっくりと頷《うなず》いた。

「うーん……でも、わかった。ザジの言う通りにすれば、いつも上手く行くから。ザジがそう言うなら、わたしはここで死んだ方が良いと思う」

『よっしゃ！　それじゃあちょっと、そこに腰かけて頭を前にしてくれる？　その方が剣が通りやすくなるから』

「分かった。じゃあクライヒハルト、後は頑張ってね？」

そう言うとリラトゥは、まるで断頭台に立つ囚人のように頭《こうべ》を垂れて。

シミ一つない白い首筋へ向けて、刃が振り下ろされようと――――。

「……いや、誰だよお前」

――――する直前で、俺が横から魔人を蹴り飛ばした。

いきなり出てきて誰やねんコイツ。

リラトゥは何か受け入れてるし、ああそういう系の【異能】ねと思ってたらあれよあれよとことを運びやがって。平然と会話に交ざって来るお前の姿はお笑いだったぜ。適当に泳がしといたら情報吐いてくれるかなーって期待してた俺の期待を返せよ。

『ゲハッ……！　ひ、酷《ひど》いなあクライヒハルト、いきなり蹴るなんて』

「誰だよお前、ザジ？って言うのか？　お前のことなんか知らん、気安く人の名前を呼ぶな」

「クライヒハルト……！　どうしたの？　ザジと喧嘩《けんか》でもしたの？」

「しっかりいたせー!!　お前もお前で術中に嵌《は》まってんじゃねえよ！」

リラトゥの前でパァニパァニと手を叩《たた》く。クソッ、普段からハイライトが無い眼をしやがって、いまいち敵の異能にかかってるのかどうか分かりにくいわ。

横にゴロゴロと転がった魔人が、ニヤケ顔を維持したままこちらを見据える。

『……凄《すご》いな、君。僕の【鬱心失調《ハートデプレッション》】、効いてないんだ。英雄だろうと貫通するだけの出力《スペック》はあるんだけどな』

「さあ……分かんね……。煽《あお》りとかじゃなくて、マジで俺にも分からん……」

『自分のことなのによく分かってないの？　一回自分を見つめ直した方が良いよ』

クライヒハルトには精神系とか毒とか、そういう搦《から》め手《て》系が一切効かないのだ。理屈は俺にも分からん。何かこう……なんかすごいぱわーでフワッと無敵なんだよな。英雄はみんなそうだと思ってたんだけど、リラトゥには効いてるしどうもちょっと違うっぽいな……。

「……なんか、逆に怖くなってきたな。何で俺には効いてないの？」

『僕に聞くなよ……』

「まあいいや、お前をブチブチにブチ殺した後でセルフカウンセリングさせてもらうから……」

ザッザッと歩きながら、余裕めいて肩をすくめる魔人へと距離を詰めていく。

魔人殺す↓手掛かり持って帰れる↓問題解決↓みんなハッピー、俺もご褒美大量GET。この黄金の方程式は既に完成しているのだ。大人しくその礎《いしずえ》になってくれ。

クライヒハルトロボだよ。自動でご褒美をゲットするすごいやつだよ。

だがそんな全自動ご褒美ゲットロボと化した俺を見て、魔人は呆《あき》れたように嗤《わら》う。

『いやいや君、そんなに強気で良いの？　二対一なんだけど』

「俺&リラトゥ対お前だろ？」

『んな訳無いだろ』

と同時、リラトゥが俺の前に立ちふさがる。その眼は相変わらずハイライトが消えており、分かりにくいが未だ魔人の影響下にあることが予想された。

『リラトゥ、クライヒハルトが僕を殺そうとするんだ。助けてくれるよね？』

「嫌だ。わたしは、クライヒハルトとはもう戦わないって決めてるの」

『あ、ああそうなの？　じゃあほら、クライヒハルトが戦ったら、自殺して彼を止めてよ』

「うん。それならいいよ」

………。

リラトゥがギチギチと伸ばした爪を己の首にあてがいながら、無表情でこちらを見やる。人質のつもりか？　やってることがキショ過ぎです。死刑。

こういうのを平気でやるから、魔族ってマジでカスなんだよな……。

ちなみにコイツだけではない、種族全体でそうなのだ。同族相手でも平気で裏切るから、永遠に北大陸から出てこない。

『うん、確かに二対一じゃなかったね。いやーうっかりうっかり。で、君と彼女の関係ってどうなの？　出来ればこれが有効な関係性だと有難いんだけど』

「……それすら確認しないで平然と人質にしてくるの、マジで魔族の人間性って感じで吐き気してくるな……」

『有効みたいで何より。じゃ、改めて一対一やる？　君が大人しく無抵抗でいてくれたなら、彼女の方は無事に帰してあげてもいいよ』

はいダウト。最初に『マ～ゾクックックック、一人も生かして帰せないマゾクねェ……』みたい

なこと言ってただろ。いま俺以外の奴がマゾって言ったか？（異常者）

ともかく、困ったことになった。俺はタイマン最強なのでこの魔人にも問題なく勝てるだろうが、その場合リラトゥが自殺してしまう。リラトゥを傷つけずにこの状況を解決するとなると、やや手詰まりかもしれん。

優位を確信しているのか、魔人は余裕の笑みを浮かべている。魔族ってこういう所がキモイんだよな。絶対友達になれない。

「う〜〜ん……どうすっかなーマジで……」

『悩んでるの？　まあゆっくり悩みなよ。死ぬまでそうやって悩んでいてくれるとより助かるな』

「やだ……独り言にまで返事してくる奴ってキモすぎ……」

『きみいっつもそうやってふざけた態度なの？　品性を疑うよ』

だまらっしゃい。お前に言ってるんとちゃうわ。内なる神……つまり、心の中のマリー様と対話しているのである。

この状況を解決する手段として、俺には一つしか思い浮かばない。すなわち、マリー様から使わないよう厳命されている俺の異能を解放することである。

マリー様、何かちょっとやむを得なそうなんで異能使っても良いですかね。いや禁止されてるのは重々承知なんですけど、俺の頭だと脳筋ゴリ押ししか解決方法が思い浮かばなくて……。

どうですかね、マリー様。

心の中のマリー様＜ｲｲﾜﾖ！

ありがとうございます！

『悩みごとは終わった？　終わってなくても気にしなくていいよ、これでその悩みとも永遠におさらばだから』

歩み寄って来た魔人が、ニタニタと嗤いながら剣を振り上げる。

だがそれよりも、俺が異能を発動させる方が早かった。

「【王権■授説《ディバインライト》】、起動」

『――――――――！』

風が吹き荒れる。

俺を中心としたエネルギーの奔流が魔人を押し飛ばし、骸の塔がガラガラと崩れていく。

『……それ、なにかな』

ずっと浮かべていたニヤニヤ笑いを消した魔人が、鋭く問いかけてくる。

気にしない。今この状況から、魔人に勝てるルートなど存在しない。うねって暴れるエネルギーを制御し、一箇所に集めることに集中する。

俺の異能。姫様の素晴らしい要約から引用すると、『〃自分の力を奪う能力〃を相手に発現させる能力』。それを、今からリラトゥにも発現させる。

黄金の肉体と、そう言われたことがある。俺の身体には神が宿っていると、神父に言われたこともある。それ程までに、俺の肉体は完成されている。正確に言えば、そこに宿るエネルギーが優れているのだが。ともかく、俺のずば抜けた耐性をリラトゥにも付与すれば全て解決する。

「対象選択。識別名：リリカ・リリラト・リラトゥ。王権貸与シーケンスを開始……」

『――――っ、【鬱心失調《ハートデプレッション》・勅命《コマンド》】!!　〃止まれ〃!!』

吹き荒れる風に耐えながら、魔人が叫ぶ。察するに、声に異能を乗せることで強制力を強化しているのか。

「黙っとけ。俺に命令していいのはご主人様だけだ」

『だから、何なんだよそのふざけた態度は――――!』

魔人がそう顔をしかめる間にも風はますます激しくなり、段々と俺の掌《てのひら》へ光が集まってくる。

「王権複製完了。抽出処理中……完了。リリカ・リリラト・リラトゥへ王権付与を開始」

『……何か分からないけど、その前に殺せば……!』

「おっと、実はこの状況でも普通に動けるんだよな。王権付与、10%……20%……」

焦った顔で飛びかかって来た魔人を、同じくこちらも剣を抜いて迎撃する。なんかシステムメッセージ的なのを勝手に喋っちゃうんだけど、それはそれとして普通に喋れるし動けるのよ。

魔人の身体能力は、俺よりもはるかに劣る。力任せに相手の剣を撥《は》ね上げて、喧嘩キックで相手を吹き飛ばす。

「王権付与、50%……60%……」

汲《く》めども尽きぬ、俺の身体に満ちる無限のエネルギー。それを相手に受け渡す異能。英雄を造る異能という、情報の取り扱いを間違えれば世界を敵に回しかねない爆弾。それを使ってしまったことをマリー様へ詫《わ》びつつ、改めて俺を受け入れてくれた彼女への感謝を新たにする。

英雄とは、人智《じんち》を超えた怪物である。それが分かっていなかったから、俺はかつて失敗して殺されかけた。そんな俺がマリー様の騎士でいられることが、果たしてどれほど嬉《うれ》しく、ありがたいことか。人間性がカスの魔人ごときが、間に挟まっていい物ではない。

『チィッ――――リラトゥ、【死んでくれ】！』

「――――シーケンス完了。リリカ・リリラト・リラトゥに、【英隷君主《ディバインライト》】を付与。対象の異能、【餓食礼餐《ウイッチ・リラトゥ》】を確認。構造変質――――最適化、完了」

光が一層強く輝くと同時に、周囲の風がリラトゥへと収束する。

魔人がリラトゥへ命令するのと、ほぼ同時だったが……既に彼女の中には、腹部を貫通した傷すらも完全回復させるエネルギーが渦巻いている。何が起きても問題にはならないだろう。

髪と服をはためかせながら、燐光《りんこう》に包まれたリラトゥはゆっくりと眼を開き……。

「……あなた、誰？　勝手に、わたしに命令しないで」

顔をこわばらせた魔人へ、不機嫌そうにそう告げた。

『……………！　【鬱心失調《ハートデプレッション》】が、解けた……！』

「クライヒハルトエネルギーはジッサイ・アンゼン、状態異常の完全無効化をお約束するぜ」

『どこまでも舐めた態度で……！　【鬱心失調《ハートデプレッション》・屍術《ネクロマンス》】！　魔物ども、働け!!』

魔人が怒りを込めた声でそう叫ぶと、周囲の死骸たちがガタガタと動き出す。巨人に魔狼《まろう》、下はゴブリンから上はワイバーンまで。多種多様な魔物たちがグシャグシャになった体で蘇《よみがえ》り、操り主の命令を果たそうとする。

「ほー。精神系で死体にまで効くのは珍しいな。これ俺たちが死んだら同じ目に遭ってたのかね」

「……クライヒハルト。ここは、わたしにやらせて」

本人の認識と実力次第でいくらでも応用が利くのが異能である。魔人の実力に感心しながら俺が拳を握ると、スッとリラトゥが手で遮って来た。

「別に良いけど……いや違う、今ちょっとあんまり異能を使ってほしくないと言うか……」

「大丈夫。今までより、世界がハッキリ見えるの。今のわたしなら多分、何でも出来るから……！」

「ああクソ、副作用の全能感に酔ってる！」

安全と言ったのは嘘です。クライヒハルトエネルギーは危険でした。リラトゥは自らの内に語り掛けるようにブツブツと呟《つぶや》きながら、蠢《うごめ》きだす魔物の群れの前に立つ。ゴキゴキと音を立てながら、一つの巨大な塊となりつつある多種多様の魔物たち。単純な物量で言えば象と蟻《あり》よりも酷い差があるはずなのに、リラトゥの小さな背には、言い知れない覇気が宿っているように見える。

「鍵は、対象の拡張……それが出来るだけの出力《スペック》があれば、後は認識次第でどこまでも行けるはず……！」

『何をするつもり……いや、いい。行け、魔物ども！　何かする前に殺せ！』

虚空を掴むように手を伸ばし、空を握りしめるように指を握り込んでいく。

俺の異能で強化された、リラトゥの新たなる力。その威力を確かめるように、静かに呟いた。

「【餓食礼餐《ウイッチ・リラトゥ》】。ううん――――【暴食皇帝《モナーク・リラトゥ》】」

瞬間。

「――――――――！」

眼前にそびえ立っていた魔物の山は停止し。一瞬の沈黙の後、ガラガラと崩れ出した。

『……何、が……！』

魔人がそう呟くが、魔物たちが再び動き出す様子はない。元の死骸に戻って、大人しく沈黙している。同時に、手を震わせながらリラトゥが膝から崩れ落ちた。

「リラトゥ！」

「ぐ……魔物の中にあった、魔人の【異能】を食べた。好き嫌いはやめて、何でも食べれると思ったから……。でも、これをわたしの物にするのは無理そう。食中毒……」

そう言いながら、苦しそうに息を吐く。その背をさすりながら、俺は想定以上の進化に内心冷や汗ダックダクであった。リ……リラトゥ、やってることヤバすぎ……！　自分へのダメージと引き換えに、異能の無効化に目覚めてるんですけど。

『クソッ……！　付き合ってられるか！』

「おっと待てよ、もうちょっとだけお喋りしようぜ」

完全な不利を悟った魔人は即座に撤退しようと背後へ跳んだが、その前に俺が魔人の両手足を斬り落とす。このガン有利な状況で逃亡なんて許すわけ無いだろ。クライヒハルトは一対一にて最強。覚えておけ……。

「そうだよ……貴方には、まだ聞きたいことが沢山あるから」

『……へえ、そう？　さっきまで僕に操られてピーピー言ってたやつが、途端に強気だねえ？』

地面に落ちてなおもがく魔人へと、操られていた苛立《いらだ》ちをにじませながらリラトゥが詰め寄っていく。ボトボトと、彼女の歩いた跡から無数の蟲《むし》を湧き立たせながら。見た目がホラーすぎる。もうお前が優勝で良いよ。

『グゥッ……！』

「精神操作系の魔人。それも、馬鹿げた出力の。あの死体の山も、貴方が異能で集めたの？　目的は？　貴方の独断？　それとも誰かの指示で？　魔人は貴方のほかに何人居る？　魔族の動きが活発になった理由は？」

『ははっ……言う訳ないじゃんねえ。常識ないの？』

「大丈夫……貴方には聞かない。貴方の脳味噌《のうみそ》を食い荒らしたこの子たちが、ちゃんと教えてくれるから……」

リラトゥの指先から伸びた百足《むかで》が、節足を蠢かせながら魔人の耳へと身体を伸ばす。リラトゥの異能、便利なんだけど本当にグロいな……。ここから先はR－18Gになるか？

魔人は何とか後ずさって逃げようとするが、そもそも足が無い状態では上手く行かず、胴体もいつの間にかリラトゥの魔物に拘束されている。そうしているうちに、リラトゥの百足がゆっくりと魔人の耳の孔《あな》へと入ろうとする。寸前、魔人が叫んだ。

『〜〜〜〜ッ、【鬱心失調《ハートデプレッション》・内向《イントロバード》】！！　〝死ね！！〟』

異能の発動。一瞬周囲を警戒した俺たちの前で、魔人が溶けかけのゼラチンのようにグズグズと崩れていく。自らを対象に異能をかけたのか。それも、思い込みで自分の身体が崩壊するレベルの強力なものを。

「……コイツ」

『あっははは……どうかな、この状態からでも君の魔物は情報を拾えるかな？　ざまあみろ……君たちに、何一つ有益な物なんてやるものか……』

崩れかけの身体で、最期にそう嗤った後。魔人は一片残さず消滅した。

唐突に現れて唐突に死にやがって……アニオリの敵キャラか？

「有益な物も何も……コイツ、死体の山のこと忘れてないか？　あれ持って帰ったら何かしら分かんだろ」

「どうかな……クライヒハルト、後ろ見て」

リラトゥに促されるまま背後を見ると、死体が先程の魔人と同じようにグズグズと崩れていく。一目見て分かるが、証拠品の回収は絶望的だった。

「製作者が死ぬと連鎖的に崩壊する魔術。隠蔽は徹底的かも」

「マジかよ。結構頑張ったのに成果なしか？」

「ううん。崩れる前に、骨に描かれた呪文を見た。あれの形を覚えてるから、戻れば調べられると思う」

「……リラトゥ。お前、本当に頭いいよな……」

操られている最中でも、思考は正常に回っていたのか。そもそも訳の分からん象形文字じみた呪文を暗記できている時点で凄すぎる。英雄のスペックというものを存分に見せつけられている形だ。

「もっと褒めていいよ。クライヒハルトに褒められるのは嬉しいから」

「もう十分褒めたよ。いったん野営地に帰ろうぜ、何かすげぇ気疲れしたわ……」

「はーい。ふふ、今日はすごく良い日かも」

そう言って、リラトゥは艶然と微笑《ほほえ》んで言った。

「これでわたしも、クライヒハルトのご主人様って認めてもらえたのかな？」

「………………」

……ワンチャン洗脳状態だったから記憶無くしててくれと思ったけど、普通に覚えてたか。

そっか。そりゃそうだよな、操られてる最中に見た呪文も覚えてたんだし。

「あの……リラトゥさん、今のうちにマリー様への言い訳を一緒に考えて欲しくてですね……マジでメチャクチャ怒られそうっていうか、命を救うための緊急避難的行動だったって証言して欲しくて……」

「ふふふ……お腹《なか》の中が、すごくあったかい。クライヒハルトがわたしの中にいるみたい」

「誤解を招く表現！　俺のエネルギーがね!?」

あっクソ、今の笑い方すごくエッチだった……！　クソ、絶対マリー様に怒られるのに、リラトゥに異能を渡して良かったと思っている俺もいる……！　誰か、俺を裁いてくれ！　俺の浮ついた心を！

既に設営されている野営地へと戻りながら、俺はやってしまった言い訳に頭を悩ませるのであった。

第十五話　澄みわたるような青空の下で

どうも。一国一城の主、マリー・アストリアです。領地経営について全くの素人なんだけど、これってこんなボードゲームみたいに突然やっていい物なのかしら。兄上の息がかかった役人がサポートしてくれるらしいとは言え、流石《さすが》に不安が勝つわ。

「……と言ってももう、領地開拓は進んじゃってるしなぁ……」

ズシンズシンと、怪物たちが石や木を運んでいく。

オーガにトロル、何処《どこ》で捕まえてきたのか巨人たちもいる。

そして奥の方には、それらを指揮者のように操って動かすリラトゥ。帰って二～三日は不調だったが、今やすっかり元気になっているらしい。

平定した未開拓領域の、本格的な工事。万軍を操るリラトゥの得意分野であった。

「……で、何か言いたいことはある？　クライヒハルト」

「申し訳ありません！！！！！！！」

『私はマリー殿下との約束を破ってリラトゥに異能を発現させました』と書かれた板を首から下げたクライヒハルトが、そう言って喉が破れんばかりに叫ぶ。

「貴方《あなた》から供給された力によって、リラトゥの異能が進化して……産み出せる魔物の種類と数なんかの基礎スペックが向上したのに加え、【異能】や魔術なんかの非物質も捕食対象に入ったんですって？　捕食した【異能】は再現できず、消化しきるまでダメージがあるらしいけど……これも、今後の成長次第では十分にあり得るわよね」

「はい！！！！！！　申し訳ありません！！！！！」

声でかっ。

頭を地面に擦《こす》り付け、全身で謝罪の意を表明するマゾ。こうなると、かえって弱るのは私だ。本人が反省しているのにいつまでも責め続けるのは難しいし、そもそもはクライヒハルト自身の異能だ。本来、私にとやかく言う権利はない。

まあ……それはそれとして、本人が反省している今のうちにアホ程責めさせてもらうが……。

「あの……一応、異能内の序列としてはマリー様の方が上位にあるので……。マリー様相手には異能の捕食も出来ませんし、なんなら弱体化するくらいにはなるので……」

「ふうん。今度リラトゥと戦うことになったら、今度こそ王国は滅びてると思うんだけど。その仮定、意味あるかしら？」

「無いです！　俺がアホでした、申し訳ありません！」

リラトゥをクライヒハルトの調教に巻き込んだ時、イザベラに散々言われたことは正しかったのだなあ。それをつくづく痛感している。

平身低頭で謝るクライヒハルト。しかし本来、彼に謝る筋合いなどない。誰に異能を接続しようが彼の自由だ。クライヒハルトの力を管理したい私が、自分の都合を押し付けているだけである。無論、それには国防などの切実な理由があるのだが……。

私は彼の主人として彼を諫《いさ》めなければならないが、同時にこの矛盾に誰よりもよく気付いている立場でもある。これ以上のクライヒハルトへの追及は、かえってこちらの首を絞めかねない。

まあ、釘《くぎ》を刺すのはこれくらいで良いだろう。本人も強く反省しているし、状況をよく聞けば情状酌量の余地は大いにある。リラトゥを引き入れた時に呑《の》み込んだはずのリスクだ、今更ジタバタするまい。

「はあ……もう良いわよ」

「そんな！」

「違う。愛想を尽かした訳じゃなくて、許してあげるって言ってるの」

一瞬滅茶苦茶《めちゃくちゃ》絶望に満ちた顔をしたマゾ犬を優しく制する。コイツ、ちゃんとここまで怒られるって分かってたのにやらかしたのね。後からの叱責を承知で他人を助けたという人のよさは、ギリ褒められてもいい点だろう。かなり甘めの採点だが。

「精神系の【異能】は希少で対策も難しい上に、相手が魔人だったんでしょう？　リラトゥへの異能譲渡も、あくまで彼女を助ける為《ため》だった……そうよね？」

「そ、その通りです……」

「じゃあもう良いわよ、仕方ないわ。別に私も、リラトゥに死んでほしいわけじゃないし……」

そう言って、私はこの世全ての無常を嘆くようにため息をついた。

「勿論《もちろん》、今後も異能の扱いには気を付けてもらうけどね。英雄を量産できる異能なんて、他国に知られればどんな火種になるか分からないわ。リラトゥにも、ちゃんと口止めしておくように。良いわね？」

「はい！！！！　分かりました！！！！！」

「返事は良いのよね……。はい、じゃあこの話はお終《しま》い。もう怒ってないわよ」

物事のよい面を見るようにしなさいと、かつて家庭教師が言っていた。今回の件も、同盟相手が強化されたと素直に喜ぼうではないか。仲間が強くなるのは当然良いことだし、その力のお陰で、私の領地となる未開拓領域も急速に開拓されている。そう、ポジティブに考えればいいことずくめなのだ。やったあ！

……その裏では、リラトゥと敵対した時のリスクが跳ね上がったせいで彼女に一層逆らいにくくなったし、クライヒハルトを巡る主導権争いがより熾烈《しれつ》になりそうなどの負の面が大量に見え隠れしているが。これらは積極的に目を逸《そ》らす方針で行きたい。物事のよい面を見なさいって教わったから。

「それよりも。クライヒハルト、こっちに来なさい」

そう言って、私は自分の隣をポンポンと叩《たた》く。平たい岩に腰かけている私の横に、クライヒハルトも十分に座れそうなスペースがある。

「はい……？　こ、こうですか？」

「違う。もっと近くに」

未《いま》だ身を縮ませているクライヒハルトを、もう一度隣を叩いて近くに寄せる。

「き、来ましたけど……」

「よし。じゃあ、抵抗しないように」

「はい？」

「おりゃっ」

戸惑うクライヒハルトの肩を掴《つか》み、頭を私の太ももに載せる。私一人の力で英雄を動かせる訳も無いので、クライヒハルトが力を抜いてくれたお陰だ。

「マリー様……！　こ、これは一体……!?」

「はいはい、騒がないの。いつもみたいに、私に好き勝手されてなさい」

この前読んだ本に出てきた〝膝枕〟である。これの何が良いのか、本当に効果があるのかは正直理解しきれていないが……クライヒハルトの真っ赤になった顔を見るに、どうやら正解らしい。

「叱るのは終わり。次は、魔人を倒してリラトゥも助けてくれたご褒美の番よ」

「ヒョエ〜〜〜〜ッ」

「よしよし……よく頑張ったわね。偉いわ。いい子いい子……」

「ワフン、ワフン……！」

耳元で囁《ささや》くように（これも本の知識だ）ぽそぽそと褒めながら、クライヒハルトの頭を撫《な》でる。

実際問題、クライヒハルトは与えられた仕事を完璧にやり遂げた。魔人との遭遇も切り抜け、彼らの動きを掴む手がかりも持ち帰った。現在、王国の研究者たちが必死になって魔族の呪文を解析している。クライヒハルトの挙げた功績には、十分な褒美が必要であった。

クライヒハルトの金髪や蕩《とろ》けた顔も相まって、気分は完全に大型犬を相手する飼い主である。

グッボーイ、グッボーイ……。

「よしよし、よしよし……。ふふっ、こうやって完全に犬扱いされるのも嬉《うれ》しいでしょう？　恥ずかしいけど、それが幸せなのよね？」

「ワンワン!!」

クライヒハルトは常軌を逸する変態であるが、変態の中にもその時々の嗜好《しこう》がある。クライヒハルトの今の気分は、こうやって甘やかされたい気分らしかった。私に怒られたのが響いているのだろう。マゾの割に寂しがりなのだ、クライヒハルトは。放置プレイとか絶対に嫌がるしな。

「ほら、わしゃわしゃわしゃわしゃわしゃ～。綺麗《きれい》な毛並みねぇ、飼い主様に感謝しなさい？」

「ワフ！」

クライヒハルトの髪をグシャグシャにしたり、腹をわしゃわしゃしたり……。彼が望むままに、撫でて欲しそうなところを存分に撫でてやる。

私の細い指が彼の髪を通るたびに、嬉しそうな顔で笑うクライヒハルト。彼があまりにも幸せそうで、空が晴れ渡る様に澄んでいるから……つい、私は余計なことを口にしそうになってしまう。

「……ねえ、クライヒハルト」

「ワン？」

あなた、今幸せ？

私のそばにいて、後悔していない？

英雄を造る異能に、異次元の身体能力。クライヒハルトは強大な英雄だ。……ひょっとすれば、世界で一番。

彼が望めばきっと、金も名誉も何でも思うがままだろう。そんな彼を従える対価を、私は支払えているだろうか。ひょっとすると、彼は商国や帝国の方が幸せになれるのではないだろうか。時々、ふとそんなことを考えてしまう。

私はちゃんと、貴方の望む主人であれているかしら。

私に全幅の信頼を置いてくれる貴方に、その忠誠に相応《ふさわ》しい存在でいられている？

「……何でも無いわ。貴方もいい加減に人語を喋《しゃべ》りなさい。戻ってこられなくなるわよ」

「ワフン……」

誤魔化すように彼の頰を撫でると、クライヒハルトは嬉しそうにほほ笑んだ。

「何かよく分からんけど、とにかく俺はマリー様が大好きですよ。一緒にいれて最高に幸せです」

「……そう。別に、聞いてないわよ」

「はい。俺が勝手に言っただけです」

……そう。貴方がそう言ってくれるなら、私ももう少し頑張ってみるわ。クライヒハルトの髪を梳《す》きながら、私は内心でそう答えたのだった。このマゾ犬は時々無駄に鋭いから困る。普段はド変態のくせに……。

……ただ、まあ。

今後を見据えて、一度これはやっておく必要があるだろう。

私はクライヒハルトの顎を摑み、無理矢理にこちらを向かせて軽く睨《にら》みつけた。オラッ、前から鏡で練習していた私の冷たい顔を喰《く》らえっ。

「……だけど。ねえ、クライヒハルト？　誰にでも尻尾を振る駄犬は、一度躾《しつけ》が必要よね？」

「――――！　は、はい！」

「貴方は私の犬でしょう？　あまり調子に乗ってはダメよ。お前の惨めな脳味噌《のうみそ》に期待はしていないけど……誰が貴方のご主人様なのかくらい、しっかりと刻み込んでおきなさい？」

「わーい！！！！！　ありがとうございます！！！！！！！！」

「うるさっ。さっきから声デカいのよ、貴方……」

大喜びで尻尾をブンブンと振り始めた（幻覚）マゾ犬へ嘲笑を向けながら、私はこの犬とこれからもうまく付き合っていく方法……具体的には、次の躾とご褒美について考えを巡らせるのだった。


時々、昔のことを思い出す。

俺がこっちの世界に来て間もない頃。公国という今は亡き国に仕えていた、俺の黒歴史。

今よりももっと賢《さか》しらで、浮かれきっていて、愚かだった頃の俺のことを。

「……毒。それも、俺に効くレベルとなると……商国の英雄か、帝国の皇帝あたりから仕入れましたか。高かったでしょうに……」

「ああ、大枚はたいて手にいれたさ……！　その甲斐《かい》あって、お前にもキチンと効いたようだな……！」

公国でも、俺のやることはほとんど一緒だった。

性癖に従って動き、高貴な生まれの女性に取り入り、積極的に虐《いじ》めてもらった。

一つ、今と違うことがあるとすれば……俺は、彼女と信頼関係を築くことが出来なかった。完璧な英雄のロールプレイを、彼女の前でも崩さなかった。過剰な演技で覆い尽くし、自分の素を見せなかった。今思えばそれが、最大の失敗だった。

今よりずっと俺は秘密主義で、自分に酔っていた。自分の異能も彼女には明かさなかったものだから、彼女は本当に自分が英雄に覚醒したのだとずっと勘違いしていた。

「良い気味だ、このバケモノ……！　公国に取り入って、何を企《たくら》んでいた!?　私たちを殺すチャンスを、虎視眈々《こしたんたん》と狙っていたんだろう!?」

「……誤解です。冷静に考えてください、そんなことをして俺に何の得が……」

その結果。

俺は、食事に毒を混ぜられて殺されかけた。

彼女の弁によれば、俺は無欲を装い、大国となったこの国の王にならんとする大罪人らしい。今までのあれこれも、権力に近づくための演技だったとか。支離滅裂な理屈だが、本質はもっと別の所にあった。彼女は単に、俺が恐ろしかったのだ。

「黙れ！　そ、そうでもないと……そうでもないと、説明がつかないじゃないか！」

眼《め》を血走らせて叫ぶ彼女に、かつての怜悧《れいり》さは何処にも無かった。

俺が、そうしてしまったのだ。

「怖いんだよ！　いつお前の気が変わって殺されるのか、気が気じゃないんだ！　だから、こ、殺される前に殺すのさ！　そうしないと……そうしないと、私はいつになっても安眠できないじゃないか……！」

「……申し訳ない」

精一杯の誠意を込めて、そう謝る。

出来もしないくせに万能の英雄のように振舞い、相手の気持ちを慮《おもんぱか》っていなかった。英雄とは怪物であると知っていたはずなのに、本当の意味で理解できていなかった。これは、一から十まで俺の失敗だった。

「何もかも、俺が間違ってました。もっと素直に貴女《あなた》と接しなかったことも、信頼してもらえるように動かなかったことも、自分の力を隠していたことも……」

「ああ、そうだろうさ！　いい気味だ！　私から最後のご褒美だ、手ずから殺してやる！」

「いえ、遠慮します。次は、もっと上手くやります」

「……何だって？」

「次はもっと馬鹿みたいに、愚かしく、自分の心のまま正直に振舞って……異能についても素直に打ち明けて……何より、欲しい物は素直に言うようにします。本当に、申し訳ありませんでした」

「待て……お前、毒は……！」

この程度の毒、俺には効かない。数秒動きは鈍ったが、それで終わりだ。その数秒の間だって、彼女の剣は俺の肌を斬り裂けなかっただろう。どれもこれも、もっと早くに言っておくべきことだった。

「本当に……本当に、ごめんなさい」

ありとあらゆる後悔と謝罪を込めて、俺は異能を発動した。

「…………【[redacted]】、起動」


「むう」


どうも。ライバルはゴールデンレトリバー、クライヒハルトです。

俺としたことが、久々に昔のことを思い出してシリアスになってしまった。俺らしくもない、クライヒハルトのジャンルはギャグエロのはずである。

まあ……今になれば、彼女の気持ちも分かる。アホみたいに強い奴《やつ》に『虐めて♥』って迫られたら怖いよな。そのまま疑心暗鬼になるのも仕方が無いだろう。『だからと言って殺しにか

かるのはライン越えてない？』とも思うが……バッドコミュニケーションの果てに起きたこと
だから、俺の方にやや重めの非があるしな……。

「どうしたの、クライヒハルト？」

「ワフ！！！！！！！！！！！！！！！」

「うるさっ。最近貴方、ワンとかワフの一言で会話を成り立たせようとしてない？」

「『偉大なるマリー様の調教中にうつつを抜かしてしまい申し訳ありません。ひとえにマリー様の美しさと人徳、器の広さに感服していた故でございます』……という意味の〝ワフ！！〟です」

「圧縮言語が過ぎる……」

そう言いながら、マリー様の膝にゴロニャンと甘える。今だけクライヒハルトは猫である。

ボクはマゾ犬と猫、両方の性質を併せ持つ♣　興奮しちゃうじゃないか……♥

「いやー、幸せですねえ……」

敬愛するご主人様がいて、柔らかい膝と太ももに思う存分甘えられる。これを天国と言わず何と言おうか。空も晴れているし、今日は素晴らしい一日である。

そんな日に昔のことを思い出してしまったのは、あまりに今が満ち足りているからだろうか。

英雄とは、怪物である。

俺たちはヒトの形をしただけの災害で、化け物で、神で……王国の騎士であり、帝国の皇帝であり、教国の司教であり、商国の番頭であり……生まれながらにして、周囲とは隔絶した世界を生きている。

そして。そういうの全部ぶっちぎって俺を躾《しつ》けてくれるから、マリー様は素晴らしいのだ。

彼女の傍《そば》に居る間、俺は自分が怪物であることを忘れ、ただの犬として気持ちよく眠ることが出来る。

「何度でも言いますけど……マリー様の傍に居られて、本当に幸せですよ、俺は」

「はいはい。あんまり何度も言わなくても、ちゃんと聞こえてるわよ」

生真面目で、優しく、世界最強の化物である俺を犬扱いする度胸があって……。つくづく、俺にとって理想のご主人様である。王族だし、領地も何か知らんけど手に入ったらしいし……。

俺の姫様がスパダリすぎて辛《つら》い。肩幅が10mくらいあるような気がしてきたな……。

「無いよな……？　流石に……」

「……？　よく分からないけど、私の肩をじろじろ見るのはやめなさい」

姫様の柔らかい太ももを堪能しながら、髪をくすぐる指の感触に目を細める。

空は青く、木陰には心地よい風が吹いている。

化け物である俺を、英雄にしてくれてありがとう。貴女が俺を、ただのアホなマゾ犬として扱ってくれることで――俺が、いったいどれほど救われているか。

「ワン！！！！！！！！！！！！」

「コイツ、言語を放棄しはじめたわね……」

ありったけの愛と感謝を込めて、俺はそう一鳴きしたのだった。クゥンクゥン♥　可愛《かわい》いクライヒハルトを末永くよろしくだワン♥

異世界転生したのでマゾ奴隷になる

書き下ろし番外編

裏方の彼女たち

死戦期呼吸、というものがある。心停止間近や心停止数分後に見られる、浅くあえぐような呼吸の事だ。血中に残存する酸素の働きによるもので、本人に意識はない。一見呼吸しているように見えるものの、十分な換気は出来ていないいため、すぐさま胸骨圧迫などの一次救命処置（ＢＬＳ：Basic Life Support）を行わなければならない。

そして、そんな事とは特に一切関係なく。

「ヒューッ……ヒューッ」

「死ぬ……殺される……」

彼女たちは、現在死にかけであった。

シグルド王国第二王女、マリー・アストリア直属部隊。通称『劇団』。その身を鍛錬に捧《ささ》げれば準英雄級にもなれたと噂《うわさ》されるイザベラの猛特訓により鍛え上げられた、誇り高き隠密《おんみつ》集団である。尤《もっと》も、今の彼女たちを見て〝重病人〟以外の感想を抱く者はいないだろうが。

「ゲホッ、ゲホッ……。ああ……あの街路樹の木の葉が落ちる時、私も死ぬのね……」

「今は冬じゃないしあれは常緑樹だけど、でも気持ちは分かる……死ぬ、本当に……」

二人は並べられたベッドに横たわりながら、そう弱々しく言葉を漏らす。

彼女たちの服装は、王都のとある学院の制服を大きく着崩したもの。胸元を開け、派手な色の下着が透けて見えるようになっている。巻いて短くしたスカートに、髪飾りをつけた金髪と黒髪……。

そう。二人はワイバーン討伐の〝ご褒美〟のために派遣された、ギャル役の劇団員だった。

マリー・アストリアを中心とした調教を立派にやり遂げた彼女たちは、任務が終わった直後から着替えもせずベッドに倒れ込んでいた。

「マジで……マジで、死んだと思った……。〝あ、私死ぬんだ〟って瞬間が何度もあった……」

クライヒハルト卿《きょう》の威圧感というのは、少しおかしい。

一般に、騎士レベルで少し気圧《けお》されるような感覚。準英雄でそれが少し強くなり、英雄であればおいそれと近づきがたい程になる。

そして、クライヒハルト卿は視線を向けただけで〝死〟の確信を抱かせる。彼だけやっているることが違くないか？　と劇団員は思った。

些細《ささい》な失言で職を失うはずの教会関係者すら、〝神が宿っている〟と思わず口にしてしまう、黄金の肉体。圧倒的な力、底知れぬ武威。クライヒハルト卿を間近で見た彼女たちは、彼が自分たちと同じ生き物であるとは到底思えなかった。

『これほど強く、美しく、気高い生き物に』

『どうして私は』

『自分たちの常識だけは通用すると、都合良く勘違いしてしまったのだろうか』

とある劇の一幕に登場する一節だ。英雄を従えようとした傲慢な王を主役とした悲劇。何年も繰り返し上演される古典で、王の心構えを伝える物だと青い血《ブルーブラッド》たちの教育に使われることもあるという。

英雄の考えを推し量ろうなど、無意味な事だ。劇団員は皆、クライヒハルト卿の〝趣味〟の事を『一時のブーム』だと考えている。何らかの気まぐれか諧謔《かいぎゃく》で、虐《いじ》められる側に回ってみたくなったのだろうと。だからこそ、そのブームが終わった後の事がことさらに恐ろしいのだが。


「……そもそもさぁ。単純に、クライヒハルト卿に悪口言いたくないよ。私たちを救ってくれた、命の恩人なのに……」

「ね。私のお母さんも、毎日クライヒハルト卿へお祈りしてるし……」

救国の英雄クライヒハルトを信奉する者は多い。何を隠そう、劇団員たちもその一人だ。地獄のような戦場に現れた、一筋の光。彼が剣を振るい道を拓《ひら》く、その一挙手一投足が輝いて見えた。

どんな益荒男《ますらお》でさえ泣き喚《わめ》いて辞退するであろう、〝クライヒハルト卿を足蹴にする〟という暴挙。それを彼女たちが曲がりなりにも耐えられているのは、その根底にあの輝きがあるからだ。クライヒハルト卿に、魅せられている。

正直、クライヒハルト卿が身体《からだ》を望むなら、幾らでも捧げて良いくらいだ……。尤も、英雄がこのような平民の女を望むなど聞いたことも無いが。

「ホント、マリー様凄《すご》いよね……。すごすぎて、ちょっと言葉に出来ない……」

「ね……マリー様って今、普通に執務片付けてるんでしょ？　信じられない……」

「どういう体力してるの？って感じだよね……。一番メインで調教を引っ張ってさぁ、私たちがどう動けば良いかずっとフォローもして、へばった私たちの代わりに劇団員と証拠隠滅して……。で今、何事も無かったみたいに仕事してるんでしょ？　すごすぎ……。もうあの人も【英雄】で良いでしょ、ほんとに……」

この調教任務に従事するたび、己の主《あるじ》、マリー・アストリアへ尊敬の念が新たになる。

鉄人だ。周囲の窓ガラスが粉々に砕け散るほどの圧があったというのに、まるで応えていない。平然と後片付けを終え、次の仕事へ取り掛かっている。まさに何もかもを轢《ひ》き潰して前進する鋼鉄の戦車、鋼の精神と言うしかない。

王族というものは、かくも常人離れしているものなのだろうか。彼女の中に流れる尊い血へ、しばし思いを馳《は》せる。庶子だとは聞いているが、平民にとって貴族界の事など雲上の話。劇団内では、やはり王族は凄いという認識に留《とど》まっていた。


「おーい！　お疲れー。差し入れもって来たぞー」

「うわ、マジで死んでるじゃん。大丈夫？　着替える体力も無いか」

「私お湯用意しまーす。そっちは掃除、あと誰か軽い食事作ってあげてー」

どやどやと騒がしく、劇団員の仲間たちが部屋に押し入って来る。

クライヒハルト卿の調教を誰かが担当した後は、代わりにこうやって身の回りの世話をしてやるのが通例だった。今回だけではない、劇団長であるイザベラのハードな特訓でヘバった後も、こうやって互いに助け合ったものだ。

「すげー、顔が真っ青になってる」

「はい、拭くから腕上げてー……すごいなお前、この一日でちょっと痩せたんじゃね？」

「絶対痩せたよー……ねえ聞いて、クライヒハルト卿がちょっと力んだら周囲のガラスが割れてさぁ……」

「やばー。あの人も本当に、【英雄】だよなぁ……」

二人部屋がワイワイと騒がしくなる。クライヒハルト卿の調教も、それを完遂した者がこのように衰弱するのも、最早《もはや》一度や二度ではない。劇団員の中ではすっかり対応マニュアルが出来上がっていた。

まずは、何よりも休養。温かい食事。そして、気を紛らわせる何か。これは人によって違う。今回の二人には、このように他愛ない会話が効果的だった。


「はーい、温かいスープ出来たよー！　そこ空けて空けて」

「うう……ごめんねぇ、ごめんねぇ……」

「ずず……あ、美味《おい》しい……」

劇団員の一人が、湯気のたつ皿を持ってベッドへ歩み寄る。贅沢《ぜいたく》にもベーコンが入っているらしく、ほのかな肉の脂の匂いが食欲をくすぐる。

劇団員は、非常に仲が良い。それは彼女たちの主であるマリー・アストリアが打ち解ける場を用意した事に加え、周囲の環境によるものも大きい。

貴族階級という、平民出身の彼女たちにとってはアウェーな環境。一人だけ貴族出身であり、凄腕の諜報員《ちょうほういん》である劇団長イザベラによる鬼のような訓練。潜入や諜報、なにより最近は〝グライヒハルト卿の調教〟という、困難にも程がある任務。

環境による外圧が、彼女たちを強く結束させた。今や彼女たちは、本当の姉妹のように仲睦《なかむつ》まじい。

そして、暫《しばら》くの時が経《た》った後。

「食べたら取り敢《あ》えず寝なー？　疲れたっしょ、まずは寝て疲れを取る事！」

「……まあ、しばらくは悪夢見るかもだけど……一応、誰か一人は入れ替わりで隣の部屋に居るようにするから。なんかあったらそいつに言ってー」

用を全て済ませたと判断した劇団員たちは、手を振りながら帰っていった。

後には、死体同然だった以前より少しマシになった二人が残される。

「はー……もうすっかり、皆も看病慣れたよねぇ。前は焦ってバタバタして、遺言聞き出そうとするくらいテンパってたのに」

「あったねー、それ。口頭で遺書を残そうと書きとってもらって……」

窓を締め切って暗くなった部屋で、横並びに寝ながら二人はそう話す。

厚い布団の中は、己の体温で暖かい。未《いま》だ心身は疲弊しきっており、腹が満たされたと共に眠気がふつふつと湧いて来る。


「……それにしても、さあ。私たち、ほんと変な人生だよね」

まどろみの中、ふと己の経歴の数奇さに言葉が漏れた。

「ただの平民で、口減らしで奉公に出されて……何とか貧乏な劇場にしがみついて、生きるのに精いっぱいだったのに……」

「いきなり劇団長に『素質はあります。磨けば光るでしょう』って引き抜かれて、王女様の部下になって」

「信じられないくらいキッツい訓練して、今まで顔見た事もない貴族たちと沢山関わって……そんで、しまいには【英雄】のクライヒハルト卿だもんね。ちょっと前の私に言っても、絶対信じないわ」

「挙句、こんな風に死にそうな目に遭ってるしね」

言って、二人でくすくすと笑い合う。

「でもさあ……私、劇団に来られて良かったよ」

金髪の劇団員が、そう言って微笑《ほほえ》む。

劇団は確かに過酷で、クライヒハルト卿の調教は信じられないくらい辛《つら》いが……今の仕事には、誇りがある。

救国の英雄で、王国最強の騎士であるクライヒハルト卿。そんな彼の主君である、マリー・アストリア。この二人の名は、絶対に王国の歴史に深く刻まれる。彼女はそう確信している。

この時代はきっと、後世まで語り継がれるだろうと。

時代の転換点に、自分は立っている。ただの平民の、特別な背景など何もない、この数奇な運命が無ければ一生ただの市民でいただろう自分が、今、それに関われている。

なんて痛快なことだろう。厳しい訓練からも、奈落のような覇気からも逃げない理由がそこにはある。


「うん。私も、此処《ここ》にいられて良かった」

黒髪の劇団員も、笑みを返す。

彼女には、時代がどうだ歴史がどうだという考えはない。そこまでの学が無い。

ただ、この〝劇団〟という繋《つな》がりを心地よく感じていた。友人のような、姉妹のような劇団員たち。尊敬できる主君。そして、近くに来ると呼吸が止まりそうになるが、遠くから見る分には完璧な英雄であるクライヒハルト卿。こんなに騒々しく、楽しい仲間たちは居ない。

彼女たちのためなら、自分は何でも出来る。だからこそ、今回の苦難だって乗り越えたのだ。

「高望みだけどさぁ、マリー様とクライヒハルト卿が結婚したらいいよね。クライヒハルト卿は【英雄】だけど、マリー様は王族だし。ワンチャン無いかなあ」

「ふふ。有り得ない話だけど、確かにそうなったらいいね。それで、私たちはメイドとか乳母とかで一緒に居るの」

「最高。もしクライヒハルト卿が凡人趣味なら、私も妾《めかけ》とか狙おうかな」

「さ、流石《さすが》に傲慢すぎる……」

眠りに落ちるまでの戯《ざ》れ言《ごと》として、妄想を吐き出す。

英雄と姫の恋愛など、吟遊詩人の詩の中だけの話。【英雄】は【英雄】以外とマトモな人間関係を築く事が無いし、縛られるのを嫌う事が多い。王国の歴史を紐解《ひもと》いても、〝報酬〟として与えられた女がたまたま子を孕《はら》んだのを、何とか美談として捏造《ねつぞう》し血族に取り込んでいただけだ。

だが、もしかすると。もしかすれば。

将来もずっと『劇団』の仲間とマリー様、クライヒハルト卿と一緒に居られる未来があるかもしれない。

そんな都合の良い事を考えながら、彼女たちは眠りについたのだった。

なお、二人はこの後滅茶苦茶《めちゃくちゃ》に悪夢を見た。

一人は底の見えない奈落に落ち、自らの感覚も無くなった暗闇の中で永遠に落下し続ける夢。

一人は異形の、犬らしき何かに全身を押し潰される夢。

クライヒハルト卿の調教、彼の覇気に身近で触れるというのはかくも恐ろしき事である。彼女たちの心身が回復するには、もうしばしの時間を要するのだった。

今でも、時々夢に見る事がある。

地獄のような戦争の中、初めて彼と出会った時の事を。

剣を振るい、魔物を斬り裂く姿。全て悪い冗談だったかのように、何もかもを解決してしまう【英雄】。陽光の下、一枚の絵画の様に佇《たたず》む彼の姿を。

私の運命が、大きく変わった日。クライヒハルトと初めて出会った、夢のような奇跡を。私は、今でも夢に見ている。


「姫様!! 近づいてきています、もっと早く!」

「無茶言わないで!! 今だってもう制御が利かないのよ、馬がもたないわ!」

……死んだわね、これは。

灰色の雲と雨の中、必死に手綱を握り締めながら私はそう内心で呟《つぶや》いた。

発端は。

どこかの誰かが、『士気高揚のため、前線に王族を置こう』と言い始めた事だった。

帝国との小競り合いが、本格的な戦争へと移り変わってから数年。新たな皇帝かつ【英雄】であるリラトゥが指揮する圧倒的な物量に、王国軍はジリジリと磨《す》り潰されていた。

帝国軍の特徴は、物量だ。皇帝リラトゥの異能、【餓食礼餐《ウイッチ・リラトウ》】は、一度食した魔物をほぼ無制限に生み出す事が出来る。彼女が皇帝となってから数年、今や帝国軍は殆《ほとん》どが魔物へと挿《す》げ替えられた。大地を埋め尽くさんばかりに溢《あふ》れる〝兵士級〟の魔物を、〝騎士級〟や〝指揮官級〟の魔物が指揮する不敗の軍隊。〝指揮官級〟の魔物は念話らしき機能すら持っており、一糸乱れぬ有機的な連携は今までの戦場の常識を覆した。

既に、幾つかの領土は失陥している。兵たちの士気も低い。本来、こういった防衛戦は、生まれた土地を守ろうと士気が高くなるものだが……リラトゥ率いる怪物たちへの恐怖が、それを上回った。

必死の思いでキメラを倒しても、リラトゥが死体を食べればまた元通り。尽きることのない無限の物量への消耗戦は、何度も穴を掘って埋め直させるという監獄の拷問を彷彿《ほうふつ》とさせた。

兵の量で負け、【異能者】が減ったために質で追い越されつつあり、ここで士気でも負けていれば話にならない。一大決戦を仕掛ける際、最後のピースとして王族の鼓舞がぜひとも欲しい。という訳で、大した仕事の無い私、マリー・アストリアが前線へ遣わされたのだ。


「最っ悪よ!! 半分平民の私が来て喜んだの、同じ平民だけだし! 高級将校や騎士たちはなんっにも喜んでなかったし!」

背後から、怪物の鳴き声が聞こえる。徐々に近づくそれを感じながら、恨み言を吐き出す。

私の血筋など、王宮内では皆知っている事だ。私がにこやかに手を振って、無邪気に喜んだのは徴兵された平民たちだけ。将校や少し事情に詳しい者などは、むしろ白けた表情をしていた。

恐らく、士気高揚など表向きの理由だ。真の狙いは、〝第二王女の護衛〟という名目で送り込まれた『第一王国騎士団』たち。王国最強の部隊である彼らを動かす理由付けの為《ため》に、私は利用されたのだ。


「それで負けてちゃ世話無いわよ!! 第一騎士団を失ったら本当に終わりだから、私がしんがりに残る羽目になったし!!」

「それは姫様から言い出した事ですよねえ!!」

「仕方ないでしょ!! 兵士を死に場所に留《とど》めるだけの権威が必要で、その中で一番安い駒だったのが私なんだから!! でも、ホントはちゃんと脱出できる予定だったの!!」

畜生。クソッ。本当、何もかも上手《うま》くいかなかった。

今回の会戦は、これからの戦の趨勢《すうせい》を決定づける大きな物だった。

大規模な徴兵と共に第一騎士団を動員し、王国に用意できる最大限の軍勢を用意した。士気を高めるお飾りの旗印(私)だって、王族と言う最高級の物を使った。此処《ここ》の会戦に至るまでにも、多くの策謀と血が流れた。まさに乾坤一擲《けんこんいってき》という言葉がふさわしい、絶対に負けてはならない戦いだった。


『——うん。何となく、わたしが戦場に来て良かったな。もしかしたら、負けてたかも』

それに、負けた。【英雄】であるリラトゥが直々に戦場に出たという、それだけの理由で。

壊滅状態の王国軍は、もはや撤退一つとってもまともに出来るような状況では無く。次の籠城戦に向けて少しでも戦力を残すためには、その場に留まって帝国軍を押し止める死兵……〝捨て役〟が、撤退を支援しなければならなかった。

当然、そんな役は誰もやりたがらない。素面《しらふ》の人間が、そう簡単に命を捨てられるわけが無い。だからこそ、彼らを素面ではなくさせる何か……命を捨てる狂気に身を落とさせるだけの、『象徴』が必要だった。
その資格を持つ者が――――何とか壊滅を免れた、今後の防衛戦に絶対に必要になるであろう第一騎士団と。自前の騎士団を持つ地方領主たちと。そして庶子であり、何の軍事力も持たない私だった。この中で選ばれるとすれば、私だろう。というか、そうだと思って私から言い出した。

「ごめんなさい!!」

叫ぶ。それは、背後に迫る怪物たちへの物であり、

「ごめんなさい、ごめんなさい、ごめんなさい……!!」

私と共に、最後まで戦ってくれた兵士たちと。私を逃がすために、今も背後で囮《おとり》になってくれている『劇団員』たちへの物だった。ああ。囮になってくれなんて、一言も頼んでなかったのに。

眼《め》の端がじわりと熱を持ち、景色が歪《ゆが》む。クソ、止《や》めろ。今、視野を損なう事は文字通りに致命的だ。

己の命の危機を悟ってか、馬も懸命に駆けている。だが、明らかにさっきよりも魔物の声が大きく聞こえる。速い。この魔物の進軍速度も、撤退戦を困難にした一因だった。

『運が悪ければ死ぬかもしれない』と、この戦場に来る前に思った。

『運が良ければ死なずに済むはず』と、自らしんがりを務めると言い張った。

そして、今。私はもう、死の瀬戸際に居る。順当に、緩やかに、命をジリジリと擦り減らして、少しずつ怪物の顎へと近づいている。


「まだです！　なんとか、姫様だけでも――」

背後から、ひときわ大きな威圧感が迫って来る。心の髄まで凍り付く様な、ただそこに居るだけで跪《ひざまず》いて赦《ゆる》しを乞いたくなるような気配。あまりにも異様なそれに、これは本当に魔物の気配か？　などと考える暇もない。

馬を私の方へ寄せたイザベラが、何かの術を起動しようとしている。

だけどそれよりも、私の頭上に影がかかる方が早かった。魔物が大口を開けて、私に喰《く》らいつこうとしている。落ちる雨粒一つ一つが見える程、時間がゆっくりと流れて――

「――お、なんか間に合ったわ。ラッキーだったンゴねぇ……（ﾆｯｺﾘ）」

――そして、全てが『解決』した。

ドオオオン!! という轟音《ごうおん》と共に、魔物は樹《き》に叩《たた》きつけられて醜く潰れた。何事かと思って背後を振り向いて瞬《まばた》きをした、その一瞬で、背後に数多《あまた》いたはずの魔物もことごとく斬り伏せられている。

「――は。なに、が……」

同時に、あれほど降っていたはずの雨が唐突に止んだ。

雲が切れ、一筋の光が差し込む。

天候を操る【異能】など存在しない。偶然だ。偶然のはずだ。しかし私には、まるで世界が意志をもって雨を止ませたように見えた。

差し込む陽《ひ》の光が、舞台の照明のように一人の男を照らす。パラパラと落ちた残りの雨粒と相まって、まるで彼自身が光り輝いているようだった。

――世界全てが、彼を祝福している。生まれついての勝者である〝彼〟を。

「いやぁ、危ないところでしたねえ。大丈夫でした？」

大振りの剣を肩に担いだ男は、そう言って陽に目を細めながらヘラリと笑った。

「クライヒハルト」

と、その男は名乗った。

短く切り揃《そろ》えられた金髪に、野性味のある鋭い顔立ち。軽く笑みを浮かべるその姿は、周囲を押し潰さんばかりに発せられる覇気を除けば良家の令息にも見えた。

「って、知ってますかね、俺の事。【英雄】ってのが有名だとは理解してるつもりなんですけど、あんまり『ほれ、ワイやで』って感じでオラつくのも慣れてないというか……」

そう言って、ついさっき帝国の軍勢を叩き潰した男はヘラヘラと笑ってみせた。

「最初にまず、魔物に襲われてる兵士の人たちを助けたんですよ。そしたら『王女様とその護衛の人たちが』って言いだして。じゃあ助けなきゃなあと思って、なんか囮?になってるぽい人を助けて。そしたら『仲間と姫様がまだ!』って言って、次の人助けたらまた同じこと言って……ってな感じで、まあ道中の魔物全部倒しながら追い付いてきたって感じです」

彼の語る経緯は、概《おおむ》ねそのような所だった。

『劇団』の彼女たちと私は、最初は一緒に逃げていたのだ。魔物に追いつかれそうになった所で一人、また一人と囮役として離れて行き……最後は、私とイザベラの二人にまで擦り減らされた。

クライヒハルト卿《きょう》はそんな彼女たちを一人一人拾い上げ、全員を助けた後で私に追いついたらしい。

あまりにも都合が良すぎる展開に、逆に眩暈《めまい》がしそうだ……。これは夢で、現実の私は魔物の腹の中と言われても納得するだろう。


「……本当に、ありがとうございました。クライヒハルト卿。貴方《あなた》が居なければ……」

死んでいた。そう言葉にしようとして自覚する。今さっき、自分は死ぬところだったのだと。

「貴方が、いなければ……」

恐怖で舌がもつれるのを、気力だけで抑える。死の恐怖に加え、眼の前の男が発する異常なまでの覇気。それらによる身体《からだ》の震えを隠し通し、私はクライヒハルト卿に向かって深く頭を下げた。

「……我が身も、危ういところでした。シグルド王国第二王女、マリー・アストリアとして、正式に御礼《おれい》申し上げます」

私にも分かっているのだ。

今、此処が、王国の運命を左右するターニングポイントなのだと。

英雄、クライヒハルト。本人は意味不明な謙遜をしていたが、私は彼の事を知っている。知らない訳があるか……！

たった一人で、公国を強国に押し上げた大英雄。周囲の【未開拓領域】を瞬く間に平定し、公国の領土を何倍にもした生きる伝説。そして今は何故《なぜ》か公国を離れ、冒険者ギルドに身を寄せている……特定の所属国家を持たない、放浪する英雄！

欲しい。

何としても、王国にクライヒハルト卿が欲しい……!!

【英雄】という物が如何《いか》に理不尽なのか、私たち王国はもう散々に味わった。王国の全てを懸けた今回の決戦ですら、ただの気まぐれ、英雄の直感という不条理な理由で惨敗に終わった。

この決戦で敗北した事により、戦局は変わった。此処からは籠城で耐え凌《しの》ぎながら、何とか他国の援軍へ渡りをつける厳しい戦いが始まる。

進軍を続ける帝国相手に、わざわざ敵対したい国などない。和平交渉は既に何度も失敗している。王国の滅亡は、もはや避けられないように思えた。

「(……だけど、この男がいれば……!!)」

この【英雄】がいれば、王国にもまだ光があるかもしれない。

彼が、王国に仕えてくれれば。いや、そこまで高望みはしない。せめてこの戦争が終わるまで……一戦の間だけ、一日、いや、もう名義だけでもいい。

クライヒハルト卿は「あー、あれ帝国の皇帝の魔物だったんですか！　まいったな、普通の魔物と思って倒しちゃったよ……」と、のんきな事を言っている。彼を引き入れられれば、王国にはまだ十分に勝ち目がある。

それを、私がしなければならないのだ。私が！　何の交渉術も無い、ただこの場に居合わせただけの私が！

「……ただ、今の私には何の持ち合わせも無くて……王国の方で、詳しく褒賞についての話を――」

この偶然を逃せば、王国に未来は無い。

私の両肩に、王国の運命がのしかかっている。運よく【英雄】と出会えただけの、何の力も無い私に。膝が震えるような重圧を感じながら、私は口を開いたのだった。

【異能】という物がある。万人が扱える〝魔術〟とは違う、個々人にしか通じない理屈で発動する、超常的な力の総称だ。

歴史の深い王国は、その中で異能者や英雄の血を多く取り込んでいる。【異能】が発現しやすい家系こそが、王国の強みだ。

そして、半分とは言え王族の血を引く私にも【異能】らしき力が宿っている……。『長く話した相手の望みを察する』という、中途半端な力が。

学者によっては、この力を【異能】と認めない者もいるだろう。現実を破壊し、誰も出来ない事を可能にするのが【異能】だ。〝相手の欲しい物を察する〟程度の、誰だって出来得る事は【異能】ではないと。『私も家内の欲しい物は分かりますぞ。これは、私も異能者という事ですかな』と、嫌みを言われた事だってある。

実際私自身、この力が【異能】なのかどうか定かではなかった。

私の認識としては、相手の言葉や声のトーン、息遣い、視線の動き……そう言ったものを観察している内に、何となく相手の欲しい物が浮かび上がってくるのだ。これが異能ではなく人間観察力の賜物《たまもの》だと言われても、まあ納得はしただろう。

だけど。今この瞬間、私は自分が【異能】を宿しているとはっきり確信した。

【英雄】と対峙《たいじ》している私の脳裏に浮かぶ、数々の情報。

『目の前の男は、私か後ろのイザベラに虐《いじ》められたいと思っている』

『マゾと馬鹿にされると喜ぶ』

『足で踏みつけると非常に喜ぶ』

……こんな物が、常人の頭から浮かんでくるものか……！！

話している最中、やけに視線が下に動くなとは思ったのだ。ついさっきまで帝国の魔物から命からがら逃げていた私の服は、ところどころが破れてしまっている。少し短くなってしまったスカートや開いた胸元に、やけに視線が行くなとは思っていたのだ。そしてそう思うたびに、私は己の阿呆《あほ》さを恥じて戒めていたのだ。まさか【英雄】がそんな事する訳ない、私の勘違いだろうと。

だが。私の【異能】が、それは勘違いじゃないと伝えている。眼の前の男は、この物凄《ものすご》く真面目な場の中、私に欲情していると……！

信じられない。

どういう事なんだ？

頭に性欲しか詰まっていないのか？　人倫を母胎に置き忘れてきたのか？　【英雄】だという先入観を除いて彼の顔をよく見れば、まるで『エッチな恰好《かっこう》してる女の人を見られてラッキーマゾねえ……（語尾）』とでも言いたげに緩み切っている。口では「いえいえ、礼を求めてした事ではありませんよ」と清らかな態度を取りながら、その眼は性欲で濁り切っている。礼よりも罰を、私に虐められる事を欲している。何かの間違いであって欲しい。間違いであってくれ。

祈るような気持ちで、スッ……と、おもむろに脚を組み替えてみる。眼の前の男に、下着がギリギリ見えないような角度で。

「――――！」

クライヒハルト卿の顔が険しくなった。他の誰かが見れば、『真剣な顔で何かを考えている英雄』に見えたかもしれない。だが違う。その視線は、私の脚に注がれている。視線で火傷《やけど》しそうだ。『もう一回脚組み替えて欲しいマゾねぇ……』と目の前の男が思っていると、私の【異能】が伝えてくれる。黙ってろよもう。

嘘《うそ》だろ？　何かの詐欺か？　誰か、途轍《とてつ》もなく底意地の悪い誰かが私を騙《だま》そうとしているのか？

さっきの、クライヒハルト卿が魔物を斬り伏せる神々しい光景は何だったんだ。あの時の彼は、本当に一枚の絵画のようだった。報酬に何を求められても、喜んで差し出せると思った。その後にこの仕打ちか？　温度差で私を殺そうとしている？

いや、勿論《もちろん》、彼の性癖が何だろうが私に咎《とが》める権利などない。命を救ってもらったのだぞ。当然望み通り、私も彼を虐めてやるべき……なのか？　私はいま何を言っている？　自分で自分の考えが分からない。

土地とか、国宝級の『魔導具』とか、そういう物を考えていた。とにかくそういう物で彼を王国まで呼び寄せ、後は無類の交渉上手である兄上に任せれば良いと。

しかし、彼はそれらの報酬に何一つ価値を見いだしていないようだった。王国への誘いも固辞されている。公国で何か面倒事でもあったのだろうか、国に関わり合う事すら忌避しているように見えた。

今此処で彼を動かせる物は、彼の性癖しかない……！　私が命の恩人である彼を踏みつけ、罵倒し、散々に虐める事しかないのだ……！

夢か？　これ。夢だとしてもかなり悪夢の方だぞ。今から私、『恰好いいな……』と思っていた命の恩人を罵って、その上で何とか王国を助けてもらえるようにしなきゃいけないの？　どういう事？

相手、【英雄】じゃん。私より遥《はる》かに格上で、今さっき助けてもらったばかりの相手じゃん。え、でも相手の望みがこれならやるしかないのか？　此処で彼を満足させることが出来れば、上手くいけば王国に仕えてくれるかもしれない。そんなほっっっっそい望みに懸けて、今から私は女王様に成り切るのか？　死にそう。

いや……だが、やるしかない。崖の上で綱渡りするよりも危険だが、ここでクライヒハルト卿を引き入れられなければ王国は滅びるのだ。それに、私は元々あと少しで死ぬところだったのだ。それを思えば、どんな意味不明な行為だって……！

「(見ていてね、お母様……！　いや、やっぱりあんまり見ないで……！)」

勘と【異能】、ただそれだけを道標に、私は奈落の暗闇へと踏み出した。

スッ……と、閉じていた脚を広げる。徐々に、ゆっくりと。下着を見せつけるように、彼からはギリギリ見えないように。

「――――！！！」

嘘であって欲しかったが、クライヒハルト卿の視線はこちらに釘付《くぎづ》けだ。ゆっくりと開かれる私の脚を、血眼で追っている。

彼の視線が、完全に私の脚へ固定された所で――。

「――ねえ」

ガン!! と音を立てて、私はクライヒハルト卿の靴を踏みつけた。冷たい声に、彼がビクッと身を硬直させる。

そのまま睨《にら》みつけながら、ヒールで抉《えぐ》るように、彼の足の甲をグリグリと捩《ね》じる。

「いま、何処《どこ》見てたの?」

「えっ、あ、いや……別に、何処も……」

「嘘よね。すっごく厭《いや》らしい視線を感じたわ。こんな真面目な場で何とか私の下着を見ようとする、変態の視線……」

私はどの立場から何を言っているんだ? なんでこんなに偉そうな事を言っているんだ。【英雄】であり、命の恩人だぞ? どこを見ようが何をしようが、私に咎める権利など無いだろうに。

「いや、そんな……」

「こっちを見なさい」

目を逸《そ》らそうとするクライヒハルト卿の顎を摑《つか》み、彼の顔をじっと覗《のぞ》き込む。

死ぬ~~~~~~~!!! 何をしてるんだ私は! 万が一【異能】が間違っていたら小間切れにされて死ぬぞ! いや、そうじゃなくても緊張とストレスで死にそう……!

「……………」

「あっ、あ……」

そのまま、じーっと彼の顔を見つめる。出来得る限り冷徹に、私が完全に上位者なのだと確信したような目つきで。彼が目を逸らそうとするたびに手に力を籠《こ》め、視線を逸らさせない。次第に、彼の目つきに媚《こ》びるような色が浮かび始めた。

「謝って？『私はマリー様の下着を見ようとしてしまいました』『変態でごめんなさい』って」

「い、いや……誤解です、そんな……！」

「ふうん、そう？ 認めないんだ。女の下着に興奮する変態のくせに」

クライヒハルト卿の眼には、明らかな喜色が浮かんでいる。背後でパニックになっているイザベラに後ろ手で控えるよう合図しながら、私はクライヒハルトの足をひときわ強く踏みにじった。

「……ねえ。なんで、さっきから足を踏まれてるのに怒らないの？」

「えっ、あっ……」

「ヒールで、ぐり、ぐり……。【英雄】だと、こんな事されても痛くないのかしら？ でも、こんな小娘に良いようにされたら、普通の大人は怒るものよ。なんで何も言わず、されるがままになってるの……？」

殺してくれ。私を。

「……嬉《うれ》しかったんでしょう？　踏みつけられて、馬鹿にされるのが……」

にまーっと、精一杯厭らしい笑みを浮かべながら、そう目の前の男をなじる。

許して……許して……！　何に対して許しを乞うているかは自分でも分からないけど、とにかく私を赦して……！　お願いします、神様……！

「そ、そんな事は……！」

クライヒハルト卿はそう言葉では否定してみせるものの、一向に私から離れようとしない。

彼の力なら私の手をどける事など簡単だろうに、今もなすがままだ。

そんなクライヒハルト卿の耳元に、私はゆっくりと顔を近づけ……可能な限り熱い吐息とともに、こう囁《ささや》いた。

「――あなた、マゾでしょ♥」

「あっ……！」

「マゾ。マーゾ。踏まれて喜ぶ、変態マゾ。ほら、素直になりなさい？『僕は変態のマゾです』『マゾ犬の僕をいっぱい虐めてください』って言え……♥」

『マリー様最高！　最高！　最高ッ!!　マリー様に祝福あれ、王国に永遠の繁栄あれ!!　え？　冒険者ギルド？　さあ、知らね……。良いですよ別に、もう十分に貢献しましたから。それより、是非俺をマリー様の騎士にしてください！！！！！』

……こうして、クライヒハルトは私の騎士になった。忠誠深く、従順な騎士に。

結果が全てだと、世の貴族は言う。『精一杯頑張った』などの言葉に価値は無く、過程より結果が全てなのだと。

そう言った彼は市井に背かれて没落したが、今だけは私も彼の言葉にあやかりたい……。そう、結果が全てなのだ！

この後に何があったのかとか、なんでクライヒハルト卿が私の騎士になったのかとか……！　そういう過程からは積極的に目を逸らしていきたい、いくべきだと強く主張したいのだ!!

一つだけ、その過程を取り上げるとすると。この後私は『卒倒するかと思いました』と、イザベラに滅茶苦茶《めちゃくちゃ》怒られた。本当に申し訳ありませんでした。

あとがき

初めまして。成間饅頭《なりままんじゅう》と申します。この度はこんな手に取りにくいタイトルの本を手に取っていただき、本当にありがとうございます。『本当にタイトル変えなくて良いんですか？？？』と確認しましたが、これで行きましょうと編集者様が仰ったのです。事前にキチンと報連相を行なったので、私の責任は半分になりました。実刑はなんとか免れるでしょう。

それとも、『最強チート主人公の俺が亡国寸前の姫様の奴隷になっている理由～または庶子の私が成り上がった歴史～』という私の案がカス過ぎたのでしょうか。分かりません。世の中には曖昧にしておいた方が良い事が沢山あります。きっとこれもその一つですね。

この本が出版されるまでには、沢山の方々のお力添えを頂きました。お声がけくださった編集者様、素晴らしいイラストを描いてくださった水龍敬《みずりゅうけい》様、推薦コメントをくださった道造《みちぞう》様、校正・営業など関係各所の方々、そして何よりも読者の皆様。本作に関わってくださった全ての方に、深く御礼申し上げます。本当にありがとうございます。

幸いにもまた機会があれば、是非この物語の続きをお読みください。

異世界転生《いせかいてんせい》したのでマゾ奴隷《どれい》になる

2024年11月30日　初版発行

著／成間饅頭《なりままんじゅう》

画／水龍敬《みずりゅうけい》

発行者／山下直久

発行／株式会社KADOKAWA
〒102-8177　東京都千代田区富士見2-13-3
電話 0570-002-301（ナビダイヤル）

印刷所／株式会社KADOKAWA

製本所／株式会社KADOKAWA

●お問い合わせ
https://www.kadokawa.co.jp/（「お問い合わせ」へお進みください）
※内容によっては、お答えできない場合があります。
※サポートは日本国内のみとさせていただきます。
※Japanese text only

定価はカバーに表示してあります。

ISBN 978-4-04-811398-4　C0093

◆◇◇